KATY KEENE, RESTLESS HEARTS

STEPHANIE KATE STROHM

# KATY KEENE, RESTLESS HEARTS

Traduction : Charlotte Faraday

hachette
ROMANS

À MON PÈRE. TU VOIS ?
J'AVAIS *VRAIMENT* BESOIN
QUE TU M'ACHÈTES LA COLLECTION ENTIÈRE
D'ARCHIE AMERICANA.
- S.K.S.

# CHAPITRE UN
# Katy

J'AI *TOUJOURS* ADORÉ L'AUTOMNE.

C'est la saison idéale, surtout à New York : les couleurs, la fraîcheur, la superposition de vêtements. Et puis, il y a le numéro de septembre de *Vogue*, la New York Fashion Week, les nouvelles vitrines de magasins… En vérité, j'ai commencé à aimer l'automne avant même que je sois capable de prononcer « Anna Wintour ». Sûrement à cause des courses de rentrée.

Chaque année, ma mère m'emmenait chez Lacy's pour jeter un œil aux soldes. La plupart du temps, on se contentait d'admirer les vitrines, puis on rentrait à la maison, où elle recréait les tenues qu'on ne pouvait pas s'offrir. Bergdorf, Bloomingdale's et Barneys ont leurs fervents admirateurs, mais à mes yeux aucun magasin n'égale Lacy's. Chaque fois que je franchis ses fameuses portes avec leurs vitraux, conçus par Louis Comfort Tiffany lui-même, j'ai l'impression que rien de mauvais ne peut m'arriver.

Lacy's est un magasin chic et inspirant, mais aussi intemporel et accessible. Si Lacy's était une personne, ce serait une femme en tailleur. Classique, mais jamais démodée.

Lacy's est une icône américaine.

De toutes ses qualités, ce que je préfère, ce sont ses vitrines. Ma mère et moi venions les admirer tous les ans, à chaque changement de saison, depuis que j'étais petite, blottie contre sa poitrine dans un porte-bébé.

Cette année-là, pour la première fois, j'étais seule devant les vitrines de Lacy's.

Sans ma mère.

J'ai serré mon gobelet de café et cligné des yeux en me concentrant sur la vitrine. Ma mère n'aurait pas voulu que je pleure chez Lacy's. Cela aurait été un sacrilège, comme pleurer à Disney World.

Les mannequins portaient des foulards en soie, à la manière d'Amelia Earhart. Fait peu connu : Amelia Earhart a créé une collection de vêtements dans les années 1930, qui a été vendue exclusivement chez Lacy's. J'ai examiné de plus près un pantalon taille haute en tweed et la paire de richelieus à talons cachée sous les ourlets. C'était exactement le genre de tenue qu'aurait portée une aviatrice audacieuse. Amelia l'aurait adorée.

— Joyeux automne, Katy Keene.

Je me suis retournée. Mon petit ami, KO Kelly, était planté au milieu du trottoir bondé, un donut à la main. Il n'y avait pas d'image plus parfaite que celle d'un boxeur poids lourd d'un mètre quatre-vingt-dix tenant un donut nappé de glaçage rose et de vermicelles arc-en-ciel.

KO m'a serrée dans ses bras en prenant garde à ne pas tacher le col Peter Pan de mon manteau en laine, puis il a posé son menton sur ma tête. Dans ses bras, je me sentais en sécurité.

Presque autant que chez Lacy's.

— Je sais que je ne suis pas ta mère, Katy, mais je ne voulais pas que tu sois seule lors du dévoilement des nouvelles vitrines de Lacy's.

Il était trop mignon. Je suis montée sur la pointe des pieds et je l'ai embrassé.

Ce garçon me faisait fondre.

— Est-ce que ce donut est pour moi ? ai-je demandé.

— Oui, a-t-il répondu en rougissant. J'ai déjà mangé le mien.

KO m'a tendu le donut. Je me suis empressée de le goûter. La douceur du sucre m'a réconfortée. C'était délicieux.

— C'est un Plunkin' Donut, a-t-il précisé. Tu mérites les meilleurs donuts de la ville.

J'ai dégusté mon gâteau en montrant la vitrine du doigt.

— Qu'est-ce que tu en penses ? ai-je demandé entre deux bouchées.

KO à contemplé la vitrine d'un air concentré, comme s'il espérait trouver la réponse à ma question sur le béret caramel du mannequin le plus proche.

— C'est très… a-t-il hésité. Pantalon ? Ce pantalon est… beau ?

— Tu as raison, ai-je plaisanté. C'est très pantalon !

— Désolé, Katy, ma connaissance de la mode se limite aux tenues de boxe.

Sans prévenir, il m'a soulevée et m'a fait tourner dans ses bras. Une pluie de vermicelles colorés s'est écrasée par terre. J'ai éclaté de rire.

C'était la première fois depuis la mort de ma mère que je repensais à elle sans entendre le bip incessant des machines, sans sentir le tissu terne de sa blouse d'hôpital ni l'odeur écœurante des plats qu'on lui servait. Je la revoyais ici, devant la vitrine de Lacy's, en train de dessiner ce qu'elle voyait au dos d'un ticket de caisse froissé ou d'une serviette en papier.

— On y va ? a suggéré KO en m'offrant son bras.

— Où ? ai-je demandé en levant un sourcil. À l'intérieur ? Malheureusement, je n'ai pas l'intention de renouveler ma garde-robe d'automne. Ma priorité, c'est de payer mon loyer.

Je vivais toujours dans l'appartement du Lower East Side dans lequel j'avais grandi, mais cela ne durerait pas longtemps. Je cherchais un travail et, pour l'instant, j'arrivais à peine à couvrir les frais que je devais à la fin du mois. Notre propriétaire avait été compréhensif face à la maladie de ma mère mais, à en croire nos dernières conversations, M. Discenza envisageait de vendre l'immeuble. Maintenant que notre quartier devenait branché, il gagnerait plus d'argent en le vendant à un promoteur immobilier qu'en continuant de toucher nos loyers. Un studio de spinning venait d'ouvrir à deux pas de chez nous. C'était le début de la fin. La Delancey Street de mon enfance avait disparu.

— Tu prends l'expression *lèche-vitrines* un peu trop à la lettre, a remarqué KO en m'entraînant vers la porte à tambour. C'est un magasin. Tu as le droit de regarder sans rien acheter.

On est entrés côte à côte. La carrure de KO occupait tout l'espace.

Quand nos pieds ont foulé le sol en marbre, quand l'atrium s'est dévoilé au-dessus de nous, le mélange d'une centaine de parfums différents a agressé nos narines.

— Ambition, de Rex London ? a suggéré une vendeuse, un flacon à la main.

J'admirais l'élégance de sa chemise noire à col haut, et le petit détail floral sur le col qui annulait l'effet guindé de la tenue.

KO a éternué en guise de réponse.

— Non, merci, ai-je répondu en l'attirant vers l'ascenseur.

KO n'arrêtait pas d'éternuer. Ses beaux yeux bleus avaient rougi. Dans l'ascenseur, je me suis agrippée à son bras, excitée à l'idée d'explorer le rayon vêtements. J'avais hâte d'admirer les nouvelles collections, mais ce n'était pas vraiment les dernières bottines en daim qui m'intéressaient. C'était ce que les bottines *représentaient*. Le changement de saison. Le fait de dire au revoir au passé et d'accueillir la nouveauté.

Un nouveau départ.

Cette année, j'en avais vraiment besoin.

— J'ai pris une décision, ai-je annoncé tandis qu'on montait vers l'étage « Femmes ».

— Laquelle ? a demandé KO.

— J'ai décidé que cet automne serait le plus bel automne de ma vie.

Ma dernière année de lycée avait été noyée par la douleur liée à la maladie de ma mère, à mon impuissance. Je me souvenais à peine de l'automne dernier. J'étais bien décidée à profiter de cette nouvelle saison, pleine de promesses.

Les portes de l'ascenseur se sont ouvertes.

— Ton plus bel automne ? s'est amusé KO tandis qu'on sortait. Je n'en suis pas si sûr. Est-ce qu'il sera plus beau que celui de notre première année de lycée, quand j'ai croisé la plus jolie fille du monde dans son manteau rouge sur la Deuxième Avenue ?

— Encore plus beau, ai-je promis en souriant.

Ce jour-là, j'avais failli percuter une poubelle, distraite par ce charmant jeune homme qui portait une veste « Western Queens Boxing Club ».

— Plus beau que l'automne suivant, quand j'ai enfin eu le courage de t'inviter ? a-t-il continué.

— Encore plus beau ! ai-je insisté.

J'ai enroulé mes bras autour de son cou et je l'ai embrassé au milieu d'un rayon.

— Cette saison va être parfaite, KO. On va regarder les feuilles changer de couleur à Central Park, boire du cidre chaud, prendre un train pour aller ramasser des pommes à Long Island...

— Et on va « manger, dormir et respirer *pumpkin spice* », a-t-il deviné en riant.

— Exactement ! ai-je dit en lui donnant un coup de poing dans le bras – qu'il avait à peine senti. Et toi, quels sont tes projets pour la saison ?

— Je vais passer beaucoup de temps à la salle de boxe, a-t-il avoué en haussant les épaules. Maintenant que je suis diplômé, je peux me concentrer sur ma carrière. La route qui mène à Madison Square Garden se trace dès aujourd'hui.

Il a fait mine de boxer avec un mannequin vêtu d'un pull en cachemire. J'ai éclaté de rire.

— D'ailleurs, a-t-il dit en jetant un œil à son portable, j'ai rendez-vous avec Jinx dans deux heures pour qu'on s'entraîne ensemble.

— Jinx ? ai-je demandé, confuse.

Ce nom ne me disait rien. Je connaissais tous les compagnons de boxe de KO. Parfois, on sortait ensemble au Starlite Diner après les matchs, où on célébrait leurs victoires ou noyait notre chagrin autour des meilleurs milkshakes du Queens.

— Jinx vient de rejoindre le club, a expliqué KO. Depuis son arrivée, je suis obligé de me dépasser. C'est génial.

Les yeux de KO pétillaient comme les miens quand j'avais appris que la charmeuse de soie était en soldes à Mood Fabrics. Ce Jinx devait être spécial. En général, la seule chose qui mettait KO dans cet état, c'étaient les frites au fromage et au chili du Starlite Diner les jours où il ne devait pas se peser.

— Dans ce cas, j'espère que Jinx t'épargnera, ai-je dit en prenant sa main dans la mienne. Merci d'être venu jusqu'ici alors que tu dois retourner dans le Queens plus tard.

— Aucun problème, a répondu KO. Ce n'est qu'un trajet entre deux quartiers. Pour toi, Katy Keene, je traverserais des océans.

Il l'avait dit sur le ton de la plaisanterie, mais je savais qu'il le pensait vraiment. Il était resté à mes côtés tout le long de la maladie de ma mère. Il m'avait tenu la main dans la salle d'attente de l'hôpital. Il m'avait apporté des repas les soirs où j'avais oublié de manger. Après le départ de ma mère, KO avait refusé de me laisser seule. Il m'avait invitée chez ses parents, à Long Island, où j'avais pu me réfugier dans la générosité, le bruit et l'amour de la famille Kelly.

Si KO n'avait pas été là, où serais-je aujourd'hui ?

— Sans vouloir manquer de respect à ton Lacy's adoré, Katy, les vêtements que tu crées sont mille fois plus intéressants que ceux que j'ai vus aujourd'hui. Ils devraient vendre *tes* créations. Franchement, qu'est-ce que c'est que ce truc ?

KO a tiré sur la manche d'un pull d'un air dégoûté. J'ai froncé les sourcils en inspectant le pull en question. Une des manches était recouverte de paillettes, l'autre était en filet, et un cactus saguaro sanguinolent avait été appliqué sur le devant.

Comme quoi, en matière de mode, tous les risques ne payent pas.

— C'est gentil, KO, ai-je soupiré, mais je ne suis pas une vraie styliste. Un jour, peut-être…

Certes, je concevais et cousais quasiment tous mes vêtements, et je rêvais d'avoir un jour ma propre collection, mais j'étais encore loin du but. J'avais autant de chance que Lacy's vende mes vêtements que de voir une de mes robes sur la Lune.

Mon portable a vibré dans mon sac. J'ai sursauté, et je me suis jetée sur la boucle vintage de mon sac à main. J'ai d'abord cru qu'il s'agissait de l'hôpital, mais ils n'avaient plus aucune raison de m'appeler. Ce n'était pas la première fois que j'oubliais que ma mère n'était plus là.

J'ai fixé l'écran en silence.

— Est-ce que tu as l'intention de répondre ? s'est inquiété KO.

— Bien sûr.

— C'est qui ?

— Veronica, ai-je répondu. Veronica Lodge.

Je n'avais pas eu de nouvelles de Veronica depuis longtemps. On avait fait une virée shopping ensemble quand elle était venue passer son entretien à Barnard, et elle m'avait envoyé un élégant panier de fruits à la mort de ma mère, mais on s'appelait rarement. On était plutôt du genre à planifier nos rencontres par textos et, quand on se retrouvait, c'était comme si on s'était vues la veille.

*De quoi voulait-elle me parler maintenant ?*

J'ai décroché et j'ai collé le portable à mon oreille.

# CHAPITRE DEUX
## Jorge

*HELLO DARKNESS, MY OLD FRIEND...*

La lumière s'infiltrait par la fenêtre de la cuisine. Tant que M. Ramos, notre voisin, continuerait à louer sa parcelle comme parking, on aurait l'appartement le plus ensoleillé de Washington Heights, mais je n'ai pas pu m'empêcher de fredonner dans ma tête la chanson de Simon and Garfunkel. Depuis mon retour chez mes parents, le silence était la seule musique qui accompagnait nos petits déjeuners.

J'aurais préféré emporter un sandwich au fromage de notre épicerie et le manger en route vers le Broadway Dance Center, mais ma mère voulait à tout prix qu'on prenne le petit déjeuner ensemble, en *famille*.

Rester assis en silence et s'ignorer n'était pourtant pas la marque de fabrique des Lopez. À l'époque où mes frères vivaient encore à la maison, le bruit était constant : Joaquin forçait ma mère à sortir de la cuisine pour faire cuire une viande dont personne n'avait entendu parler pendant qu'Hugo appliquait de la glace sur son épaule, Alejandro était plongé dans sa pile de livres d'économie pendant que Miguel et Mateo se taquinaient. La plupart du temps, c'était tellement bruyant qu'on ne s'entendait même plus penser.

À présent, j'aurais tout donné pour ne plus m'entendre penser.

Le silence était seulement brisé par le raclement d'un couteau tandis que mon père beurrait sa tartine de pain au froment. Par le tintement de ma cuillère contre mon bol de céréales. Par le bruissement des pages du magazine que lisait ma mère.

Tellement de non-dits. Chacun de nous avait trop peur de les exprimer.

*Pourquoi m'ont-ils demandé de rentrer à la maison si c'est pour prétendre que je n'existe pas ?*

Mon père s'est éclairci la voix.

— Bon, il faut que j'y aille, a-t-il déclaré en se levant, sa tartine à la main. On envisage de restructurer le circuit des chasse-neige. Il faut que tout soit prêt avant la première neige.

— Une énième journée palpitante dans la vie d'un conseiller municipal, ai-je marmonné. Amuse-toi bien, papa.

Il a embrassé ma mère sur la joue, il m'a salué d'une main sans prendre la peine de croiser mon regard, et il est parti en croquant dans sa tartine.

— Il essaie, m'hijo, a soupiré ma mère après que la porte s'est fermée derrière lui.

— Il essaie *quoi* ? De remplir sa moustache de miettes ? Papa ressemble à un Tom Selleck latino.

Ma mère a souri.

— On fait *tous* de notre mieux, a-t-elle conclu.

Si « faire de notre mieux » ressemblait à ça, il était temps que les Lopez passent à la vitesse supérieure. Cela faisait trois ans que j'étais rentré à la maison. Depuis, rien n'avait changé. Je voulais que notre relation évolue, mais ce n'était pas à moi de faire un grand geste filial et de jouer à la famille parfaite. Mes parents m'avaient mis à la porte. À seulement quatorze ans ! Si Katy et sa mère ne m'avaient pas accueilli, qui sait ce qui me serait arrivé ? La plupart des jeunes gays forcés à quitter la maison finissent à la rue. Peu d'entre eux ont autant de chance que moi.

Désormais, la mère de Katy n'était plus là. Perdre la figure maternelle qui m'avait *toujours* accepté pour ce que j'étais mettait d'autant plus en avant les problèmes de ma famille. Elle me manquait terriblement, au point que parfois le simple fait de penser à elle me coupait le souffle. Ma propre mère était là, à côté de moi, mais je ne m'étais jamais senti aussi loin d'elle.

Ma mère s'est levée en tapotant mon épaule. Elle a posé son magazine devant moi, puis elle est partie à l'épicerie, où elle réorganiserait sûrement les étalages. Elle ne faisait pas confiance aux autres en matière de mise en rayon. Ma mère se prenait pour la star d'une émission immobilière, sauf qu'au lieu de coller des panneaux en bois sur des vieux murs sa mission était de trouver le meilleur endroit où placer les céréales et les chips.

J'ai jeté un œil à son magazine. C'était un ancien numéro de *People*. La couverture mettait en avant une *Matchelorette* avec son bébé (« C'est un garçon ! ») au visage ridé et rouge, caché par un nœud trois fois trop grand.

Si ma mère croyait que ce genre de sujets m'intéressait, c'était qu'elle me comprenait encore moins que je le pensais. Malgré mon manque cruel d'occupations, j'avais mieux à faire que de regarder des femmes écrasées par leurs extensions capillaires se battre pour un homme blanc insipide. Et puis, un nœud aussi grand n'allait qu'à certaines formes de visage, formes dont la nature n'avait pas doté ce pauvre bébé.

J'ai levé les yeux au ciel en déposant mon bol dans l'évier, puis j'ai jeté le magazine sur le meuble de la cuisine où se trouvait une pile de courrier. Une brochure est tombée du magazine et s'est écrasée par terre.

— Super, ai-je soupiré en m'accroupissant pour la ramasser.

Mes genoux ont craqué – le cours de danse allait être *brutal*. Je m'attendais à tomber sur une publicité pour un legging liftant, une crème anticellulite ou un ruban pour bébé trois fois trois grand, mais c'était un numéro de *Backstage*, marqué à la page des auditions.

On ne vendait pas *Backstage* à l'épicerie. Je m'étais abonné à la version numérique, mais mon abonnement avait expiré. J'avais prévu de passer l'été à enchaîner les castings, maintenant que j'en avais fini avec le lycée et que je pouvais me consacrer pleinement à mon avenir sur Broadway. Malheureusement, c'était une saison morte. J'aurais aimé auditionner pour un spectacle qui me donnerait accès à l'Equity, le syndicat des comédiens, pour pouvoir travailler sur Broadway, mais je n'avais rien trouvé, pas même hors Equity. Tous les spectacles étaient en tournées régionales. Même si j'avais décroché par miracle une audition pour un spectacle qui n'exigeait pas de carte de l'Equity (que je n'avais pas), ni d'agent (que je n'avais pas non plus), ni de rendez-vous (quasiment impossible à obtenir sans ces deux premiers détails), aucun rôle n'était disponible.

Voilà comment je m'étais retrouvé dans cette routine rythmée par nos petits déjeuners silencieux, mes cours de danse, mon travail à l'épicerie et les heures passées à me cacher dans ma chambre devant un énième épisode de *RuPaul's Drag Race*.

D'ailleurs, je me demandais ce que ces reines auraient pensé de ces nœuds géants.

Maintenant que l'automne était arrivé, il devait y avoir du travail *quelque part*, car une annonce avait été entourée au feutre dans *Backstage*. Ma mère l'avait clairement laissé là pour moi. J'aurais préféré qu'elle s'adresse à moi directement au lieu de le cacher dans un numéro de *People* mais, s'il y avait une chose que j'avais apprise ces dernières années, c'était que les Lopez n'étaient pas doués en communication.

J'ai d'abord cru à une plaisanterie. D'après l'annonce, Ethan Fox mettait en scène une adaptation de *Hello, Dolly !* Ethan Fox ? Impossible. Ethan Fox était le chouchou du Off Broadway. Son dernier spectacle avait eu lieu dans une usine de boutons désaffectée dans le Lower East Side, où les acteurs avaient porté des costumes en viande crue pourrissant au fil des semaines. Seul un génie comme Ethan Fox était capable de redonner vie à la robe en viande version Lady-Gaga-2010 sans paraître démodé. À l'époque, Ben Brantley, du *New York Times*, avait rédigé une critique plutôt drôle : pour lui, si on était capable de supporter l'odeur, le spectacle valait le détour.

Bref, Ethan Fox évitait les comédies musicales comme la peste, surtout les plus traditionnelles. Et pourtant… c'était écrit noir sur blanc dans *Backstage* : il organisait un casting ouvert pour la reprise de *Hello Dolly !* à Broadway.

Je me suis agrippé au magazine. Mon cœur s'est emballé.

Un casting ouvert ?

C'était une *immense* opportunité pour un artiste hors Equity comme moi, qui rêvait de percer à Broadway ! C'en était même *étrange*. Si mes souvenirs étaient bons, il n'y avait pas eu de casting ouvert sur Broadway depuis la reprise de

*Hair* en 2009. À l'époque, j'étais trop jeune pour participer – surtout pour un spectacle qui exigeait un nu complet – mais ma mère et moi en avions entendu parler à la télé. Willie Geist avait interviewé les acteurs pleins d'espoir qui faisaient la queue sur le trottoir.

Ma chance était-elle sur le point de tourner ?

J'ai lu l'annonce complète en espérant qu'un des rôles principaux me correspondrait. Un rôle dans le chœur m'aurait suffi – je deviendrais enfin membre de l'Equity et comédien professionnel, sur *Broadway* ! – mais un rôle parlé aurait été encore plus merveilleux.

Je l'ai trouvé. En bas de la liste. Ils cherchaient un bon danseur, homme, toute ethnicité, 18-21 ans, pour jouer Barnaby Tucker.

*Il ne faut qu'un instant.*

C'était la chanson d'amour de *Hello, Dolly !* J'ai fredonné le premier couplet. Dans les comédies musicales, il ne fallait qu'un instant pour tomber amoureux. C'était absurde, mais parfois un instant suffisait à changer une vie.

J'ai arraché la page, je l'ai pliée en quatre, et je l'ai glissée dans la poche de mon jogging.

Je n'imaginais pas à quoi ressemblerait une adaptation de *Hello Dolly !* par Ethan Fox.

Mais je finirais par le savoir.

# CHAPITRE TROIS
# Pepper

**« INVASION BRITANNIQUE ! »**
Par Amelie Stafford pour CelebutanteTalk,
une filiale de Cabot Media

Accrochez-vous à vos culottes, chères compatriotes, car la ville qui ne dort jamais est sur le point de se pimenter ! En effet, la fameuse Pepper Smith est de retour à New York, laissant derrière elle, en Angleterre, un cœur royal brisé.

Que vous l'aimiez ou que vous la détestiez, nous savons que vous la connaissez, mais au cas où vous auriez passé ces dernières années sur Mars, laissez-moi résumer : papa Smith, dont le travail est trop complexe et lucratif pour que nous, pauvres mortels, y comprenions quelque chose, est basé à Hong Kong, mais la polyglotte Pepper a grandi dans le monde entier, héritant de son accent craquant lors de ses études dans les meilleures écoles de Londres.

Les discrets Britanniques adorent Pepper. Qu'elle file le parfait amour avec un champion de Wimbledon, qu'elle expose ses œuvres à la Tate Modern ou qu'elle ne porte rien d'autre qu'un chapeau à la Journée des dames à Ascot, Pepper enchaîne les succès outre-Atlantique. Même une célèbre duchesse aux

cheveux soyeux aurait avoué être « obsédée » par Pepper !
Honnêtement, qui ne l'est pas ?!

Alors que les rumeurs d'une liaison royale vont bon train (des rumeurs que nous ne confirmerons pas – contrairement aux journaux à scandale britanniques, CelebutanteTalk a toujours fait preuve d'intégrité journalistique !), Pepper est de retour, à la grande joie des New-Yorkais ! De nature loquace, Pepper n'a encore pas parlé de ses futurs projets (influencée par le flegme Britannique ?) mais, la connaissant, l'inimitable Miss Smith doit avoir plus d'un tour dans son sac (haute couture) !

# CHAPITRE QUATRE
# Josie

À PEINE ÉTAIS-JE SORTIE du lycée que je me retrouvais déjà sur Broadway.

Certes, c'était Broadway Street, dans le Michigan, mais l'opéra de Détroit n'avait rien à envier aux théâtres new-yorkais. Depuis les coulisses, j'ai jeté un œil vers les sièges en velours rouge qui se remplissaient peu à peu, vers les balcons dorés et le magnifique plafond voûté.

— C'est un de mes théâtres préférés, m'a confié mon père en regardant par-dessus mon épaule. Je fais toujours en sorte que mes tournées passent par Détroit.

Depuis que j'avais quitté Riverdale pour suivre mon père en tournée, on s'entendait plutôt bien – non, *très* bien. Mieux qu'on ne s'était jamais entendus.

— N'oublie jamais ce moment, a-t-il dit en posant une main sur mon épaule. Souviens-toi de cette atmosphère, de ce que tu vois, de ce que tu ressens. Trois mille places, remplies de spectateurs qui sont venus te voir.

— Qui sont venus *te* voir, papa, lui ai-je rappelé en levant les yeux au ciel.

Mon nom n'était même pas inscrit sur les billets.

— Peut-être, mais à la sortie ils se souviendront de toi, a-t-il conclu.

J'étais emplie de fierté. Quand il ne me reprochait pas de rater le tempo – mon père avait visiblement un métronome interne –, il me faisait souvent des compliments sur ma voix. Après des années passées à courir après sa reconnaissance, ce changement était plus qu'appréciable.

— Je ferai en sorte que ce soit le cas, ai-je confirmé.

Sûre de moi, j'ai fredonné la mélodie de notre première chanson. Je n'avais jamais souffert du syndrome de l'imposteur, et je savais que je n'avais jamais aussi bien chanté que ces derniers temps. C'était ma vocation : chanter, professionnellement, tous les soirs.

C'était ma passion.

— Profite, Josie, a ajouté mon père. Ça ne sera pas la même chose tous les soirs. Tu devras te rappeler l'élégance de cet opéra quand on chantera au fond d'un TGI Thursday pour la Journée nationale de la côte de porc.

— Très drôle, papa.

— Et fais attention au tempo sur le pont de la première chanson !

Il m'a tourné le dos et s'est dirigé vers un technicien.

Le tempo du pont était le cadet de mes soucis.

— Papa ? ai-je lancé. Est-ce qu'on va vraiment jouer dans un TGI Thursday ?

— Début du concert dans cinq minutes ! a annoncé un régisseur en ajustant son casque, les yeux rivés sur un carnet.

Tous les soirs, on chantait dans un lieu différent, avec une équipe différente. Cela me changeait de « l'équipe » de La Bonne Nuit, constituée de Reggie et d'un projecteur, mais c'était étrange de chanter les mêmes chansons jour après jour, alors que tout changeait autour de nous.

J'ai fait rouler mes épaules. Elles ont craqué. Le Comfort Motel où on avait dormi la veille ne portait pas bien son nom, avec ses matelas durs comme la pierre et ses oreillers plats. Mon corps en faisait les frais. Heureusement, la chorégraphie des concerts de mon père se limitait à balancer de gauche à droite. C'était bien moins physique qu'avec les Pussycats.

*Les Pussycats.* Chaque fois que je pensais à elles, mon ventre se nouait. Je savais que j'étais faite pour une carrière solo, mais chanter avec Melody et Val faisait partie des meilleurs moments de ma vie – à la belle époque.

Malheureusement, cette époque était révolue, et notre séparation était devenue inévitable.

Pourquoi me manquaient-elles à des moments pareils ? J'aurais dû être concentrée sur le concert qui était sur le point de commencer devant *trois mille* personnes, au lieu de penser à une vie lointaine, à des kilomètres et des années de là, dans la salle de musique minable d'un lycée.

Chaque soir, nos premières parties étaient différentes, organisées soit par le lieu où on jouait, soit par Pauly, le directeur de tournée. Depuis les coulisses, j'ai regardé le musicien de ce soir-là monter sur scène. C'était un charmant jeune homme noir qui portait un costume en velours. Il s'est assis au piano et a arrangé le micro. Il me rappelait John Legend.

— Encore un pianiste de jazz, a ronchonné mon père tandis que le musicien commençait à jouer. J'aurais dû leur demander de ne pas faire appel à la concurrence.

— Ne t'inquiète pas, papa. Personne n'arrive à la cheville de Myles McCoy.

Je savais que mon père pensait la même chose. Son talent excusait son arrogance : dans ce monde, c'était tout ce qui comptait. Mais ce jeune musicien était doué, lui aussi. Il avait une voix suave et riche, comme un morceau de beurre fondant sur les crêpes au chocolat du Pop's Chock'lit Shoppe. J'avais mangé beaucoup de crêpes dans des diners pendant cette tournée. Aucune n'égalait celles de Pop Tate.

— Je pense que je vais sortir ce soir, ai-je déclaré.

J'étais curieuse de voir ce que Détroit avait à offrir. Ce musicien ne devait pas être le seul de la ville à être aussi talentueux. Je lui demanderais conseil. Quelqu'un qui portait aussi bien un costume en velours devait savoir ce qui se passait en ville ce soir-là. Je doutais qu'il rentrerait chez lui, s'affalerait sur son canapé et regarderait *Matchelorette* en mangeant des frites après le concert.

— Sortir ? a demandé mon père en soulevant son Borsalino.

— Oui, papa. Sortir. Voir autre chose qu'un distributeur automatique de motel. On est à Motor City ! Le berceau de Motown. Pense à toutes les voix incroyables qui ont débuté ici. Les Supremes, les Marvelettes, Mary Wells...

— Je suis au courant, Josie. Inutile de me réciter la brochure du musée Motown.

— Je ne parle pas du musée ! Enfin, j'aimerais le visiter, mais demain. Ce soir, je veux écouter de la musique, entendre la prochaine Mary Wells.

— C'est une mauvaise idée, a insisté mon père en secouant la tête.

J'étais déçue. J'avais beau avoir dix-huit ans, c'était sa tournée, et je devais respecter ses règles. Je l'avais appris dès le premier jour. Ce monde appartenait à Myles McCoy. Les autres ne faisaient que le traverser.

— Traîner en pleine nuit dans les rues d'une ville que tu ne connais pas, c'est chercher les ennuis, m'a-t-il reproché.

— Papa, j'ai grandi à *Riverdale* ! La capitale du meurtre. Un havre de paix qui abrite tueurs en série, gangs, sorcellerie, trafics d'organes et de drogues. Une ville où tu as des ennuis même quand tu ne les cherches pas.

Mon père s'est contenté de grogner.

— Tu étais avec moi le soir du braquage du diner, lui ai-je rappelé. Tu l'as vu de tes propres yeux ! Je pense que je suis capable de survivre à Détroit.

Sur scène, le musicien a terminé sa dernière chanson. Il s'est levé et a salué le public. Trois mille spectateurs qui applaudissaient, c'était magique.

— Quoi qu'il en soit, a repris mon père, même si tu ne croises pas de voyous avec des masques de gremlins…

— De *gargouilles*, l'ai-je corrigé. Cette histoire est propre à Riverdale, et remonte à deux ans.

— Je pense quand même que c'est une mauvaise idée. Maintenant que tu es professionnelle, tu dois agir en tant que telle. Prendre soin de toi devrait être ta priorité. Parfois, ça signifie rater des bons moments. Aller se coucher tôt. Protéger sa voix. Se reposer. Pour que *tu* deviennes la prochaine Mary Wells.

— Est-ce qu'on pourra au moins visiter le musée Motown demain matin ? ai-je tenté tandis qu'un homme montait sur scène pour annoncer l'arrivée de mon père.

— Pas le temps, a-t-il répondu en faisant rouler ses épaules, son sourire de scène déjà plaqué sur le visage. On part à l'aube. Il faut qu'on arrive à Toledo le plus tôt possible pour préparer le concert de demain. Là-bas, l'équipe technique est très minutieuse.

— Voici l'homme que vous attendiez tous... monsieur Myles McCoy ! a annoncé le présentateur.

Mon père est entré en scène, le sourire jusqu'aux oreilles. Il a salué la foule qui l'acclamait. Une chose était certaine : les fans de jazz de Détroit savaient faire du bruit.

Il s'est installé au piano, puis il a soulevé le bas de sa veste, qui est tombée contre le dos du tabouret. Des spectateurs ont crié de joie quand il a joué les premiers arpèges. J'entendais presque le soupir de bonheur du public tandis que les notes de l'ouverture de *In a Sentimental Mood*, de Duke Ellington, résonnaient dans la salle. Mon père commençait toujours ses concerts seul au piano, souvent avec cette chanson. C'était une de ses préférées.

Pendant que je l'écoutais jouer, j'ai repensé à un rare souvenir de lui, ma mère et moi à la maison, ensemble et heureux, quand j'étais petite. Mon père avait joué ce morceau avec la main de ma mère posée sur son épaule. Elle l'avait attiré vers elle et ils avaient dansé au rythme de la mélodie que mon père fredonnait avec sa voix de baryton.

Je me demandais comment allait ma mère. Au début, mon éloignement de Sierra McCoy, de ses grandes attentes et de ses critères d'excellence m'avait fait du bien, mais elle me manquait aussi. Je savais que M. Keller prenait soin d'elle, et qu'elle avait dû prendre plaisir à donner des ordres à Kevin jusqu'à ce qu'il parte à l'université.

Kevin... Il était tellement occupé par ses études et moi par ma tournée qu'on se parlait rarement. Je n'étais plus au courant de sa vie. Après le concert, j'enverrais un message à mon demi-frère préféré. Depuis mon départ, je n'avais pas discuté avec des gens de Riverdale. Mon monde s'était à la fois élargi – j'étais dans une ville différente chaque soir – et rétréci. Il était désormais limité à la scène, aux motels et au minivan qui nous transportait des uns aux autres. Parfois, j'oubliais que le monde que j'avais laissé continuait à tourner sans moi.

Le public a applaudi à la fin de la chanson. Mon père s'est lancé dans son discours habituel. Il était si rigide et exigeant que j'étais toujours surprise de le voir aussi détendu et sympathique sur scène, comme s'il papotait avec trois mille amis. Il avait toujours été davantage à sa place derrière un micro.

Comme moi.

— Parfois, a conclu mon père, une chanson unique a besoin d'une chanteuse unique.

C'était mon signal. Je me suis dirigée vers le micro installé à gauche du piano. La hauteur du pied avait été ajustée à ma taille par un technicien. J'ai enveloppé le micro avec mes mains. J'ai senti le grésillement de l'électricité, des possibilités, de ce moment parfait qui précédait le début d'une chanson, quand tout pouvait encore arriver. Les spectateurs m'attendaient. Je n'avais pas le droit de les décevoir.

Je doutais de beaucoup de choses dans ma vie, mais pas de ça. Pas de moi et mon micro.

— La voici, mesdames et messieurs. Ma fille, mademoiselle Josie McCoy !

Avant notre départ en tournée, je m'étais demandé si mon père préciserait que j'étais sa fille. À ma grande surprise, il en faisait tout un numéro sur scène. Mon côté cynique soupçonnait que c'était pour plaire aux femmes de son âge, qui constituaient la majorité de son public : elles le trouvaient *adorable*, d'après ce qu'elles nous confiaient devant l'entrée des artistes après nos concerts en attendant leurs selfies et leurs autographes. Mais au fond j'espérais que c'était aussi parce qu'il était fier de moi. En tout cas, il me reprenait moins sur mes performances qu'au début de la tournée.

On a échangé un regard. Mon père a levé un sourcil. J'ai hoché la tête. J'étais prête.

J'ai fermé les yeux, et j'ai chanté. Les mots et les notes de Gershwin se sont échappés de ma bouche comme par magie. Après que j'ai chanté le premier couplet de *Someone to Watch Over Me* a cappella, mon père m'a rejointe au piano. Je ne voyais pas les visages des spectateurs, plongés dans le noir, mais je sentais qu'ils étaient aussi transportés par la musique que moi. J'ai chanté comme j'avais entendu Ella chanter sur les vieux disques de mon père, mais j'ai aussi chanté à ma façon.

Je n'avais pas besoin qu'on veille sur moi. La vie à Riverdale m'avait construite. J'étais parfaitement heureuse toute seule.

Tout ce dont j'avais besoin, c'était de la musique.

# CHAPITRE CINQ
## Katy

— VERONICA ? AI-JE DEMANDÉ en décrochant.

— Katy ! Comment va la plus belle femme de Manhattan ?

Sa voix recouvrait une sorte de vrombissement. Connaissant Veronica, ce bruit venait soit d'un jet privé, soit d'un mixeur.

— Si je la croise, je lui poserai la question, ai-je répondu en inspectant mon reflet dans un miroir de Lacy's.

Mon anticernes n'avait pas suffi à camoufler les poches sous mes yeux. J'étais trop maigre, noyée dans mon manteau. Je ne reconnaissais plus les angles de mon visage. J'avais l'impression d'être face à une étrangère. Toutes ces soirées où j'avais sauté un repas et où je m'étais sentie trop épuisée pour cuisiner avaient laissé des traces. Avec un peu d'espoir (et quelques Plunkin' Donuts de plus), je ressemblerais à nouveau à moi-même d'ici peu.

— Tu es trop modeste, a dit Veronica. Plus sérieusement, Katy, je suis désolée pour ta mère.

Elle avait la voix qui tremblait. J'ai retenu mes larmes.

— C'était une véritable icône, a-t-elle repris. Peu de femmes ont le sens du style. Ta mère en avait à revendre. Je n'oublierai jamais la robe qu'elle m'a cousue pour ma quinceañera.

J'ai souri. Je ne l'oublierais jamais non plus. La haute société de Manhattan avait eu un choc quand *la* Veronica Lodge avait rejeté la proposition d'une grande marque de luxe pour la conception de la robe la plus importante de sa vie, et avait choisi une couturière inconnue qui tenait une minuscule boutique dans le Lower East Side. Du moins, ils avaient été choqués jusqu'à ce qu'ils voient la robe. Elle était sublime.

— Merci, V. Elle a toujours dit que tu avais l'œil en matière de mode.

— Venant de l'Audrey Hepburn de Delancey Street, c'est un beau compliment.

Ma mère aurait *adoré* cette comparaison. *Drôle de frimousse* était un de nos films préférés.

— Comment vas-tu, Katy ? J'espère que tu as toujours de belles épaules musclées sur lesquelles pleurer.

— Bien sûr, ai-je répondu. KO est formidable.

Pendant que j'étais au téléphone, il était en train de chercher les pulls les plus moches du magasin. Il s'est dirigé vers moi avec un pull à franges dorées recouvert de pompons. J'ai éclaté de rire.

— Tant mieux ! s'est réjouie Veronica. Tu le mérites. Et j'ai une nouvelle qui pourrait te remonter le moral. S'il y a bien une chose que j'ai apprise depuis que je me suis lancée dans l'entrepreneuriat, c'est qu'être occupée est un excellent remède aux cœurs brisés.

*Occupée.* J'avais besoin d'être occupée. Et payée. Tout à l'heure, quand KO retournerait dans sa salle de boxe, je rentrerais chez moi et j'éplucherais les petites annonces.

— Quelle nouvelle ? ai-je demandé, curieuse.

— Tiens-toi bien. Lacy's organise un défilé de mode.

— Un défilé de mode ? ai-je crié. Ici ? Je pensais qu'ils avaient arrêté !

Pendant longtemps, Lacy's avait organisé deux défilés de mode par an, durant lesquels les créateurs dévoilaient leurs collections d'automne et de printemps à l'élite de Manhattan. Cette tradition avait pris fin dans les années 1980, avec l'arrivée de la fast fashion. Le retour du défilé de mode en magasin avait un côté charmant, sans compter que c'était un excellent moyen de rapprocher les créateurs des consommateurs.

— Je sais, c'est tellement rétro et chic ! s'est emportée Veronica, visiblement aussi excitée que moi. Et j'ai gardé le meilleur pour la fin. Est-ce que tu connais Rex London ?

— Bien sûr !

Qui ne le connaissait pas ? Même ceux qui ne faisaient pas partie du monde de la mode avaient déjà entendu parler de Rex London. Il était devenu célèbre en participant à *Project Catwalk*, une émission de télé-réalité de mode qui l'avait mené à présenter sa propre émission, *What We Wear Now with Rex London*. Désormais, il concevait les robes des plus grandes stars, il gérait sa propre ligne de haute couture et offrait des versions plus abordables de ses tenues en version prêt-à-porter. Il avait même son propre parfum, et il était sur le point de publier un livre de cuisine.

Rex London était *partout*.

— Crois-le ou non, a repris Veronica, mais avant de devenir célèbre le petit Rex a travaillé en tant que personal shopper chez Lacy's, et j'étais sa première cliente.

— C'est vrai ?

Je n'arrivais pas à croire que Veronica connaissait Rex London ! Enfin, si – après tout, c'était Veronica – mais, même pour elle, c'était impressionnant. Rex London, personal shopper chez *Lacy's* ? Quelle chance d'avoir pu commencer sa carrière de la sorte ! *Quel job de rêve.*

J'avais hâte que Veronica m'explique le lien entre Rex London, le défilé de mode et moi.

— Rex vient de m'appeler pour me parler d'une opportunité en or, a-t-elle expliqué. C'est lui qui organise le défilé. Il va présenter une partie de sa collection d'automne, mais cet événement sera surtout l'occasion de mettre en avant des talents émergents. Il a sélectionné les meilleurs stylistes de demain, qui présenteront chacun une de leurs créations. Le problème, c'est qu'un des participants a dû rentrer d'urgence en Europe. Tu connais Rex, il a besoin d'un nombre pair pour obtenir une symétrie parfaite.

— Mmh, ai-je bredouillé, pressée d'entendre la suite.

Veronica s'apprêtait-elle à me demander ce que j'imaginais ?

— Rex voulait savoir si je connaissais quelqu'un de suffisamment doué pour remplacer ce participant à la dernière minute. Je lui ai dit que je connaissais la crème de la crème : Katy Keene. D'ailleurs, j'étais choquée qu'il ne t'ait pas déjà repérée.

— Comment veux-tu qu'il me repère ? ai-je dit. Je n'ai jamais présenté mes créations…

— Je sais, Katy, et c'est un crime ! Il est temps que ça change ! J'ai dit à Rex que tu serais la parfaite remplaçante. Imagine le nombre de personnes qui découvriront ton talent ! Le défilé a lieu dans moins de deux semaines, mais je suis sûre que tu couds toujours aussi vite. Je lui ai promis que ce ne serait pas un problème.

— Waouh, Veronica, ai-je bafouillé. Je... Je ne sais pas comment te remercier.

Que répondre ? J'étais tellement choquée que je n'arrivais même pas à formuler une phrase ! Une de mes tenues dans un défilé ? Chez *Lacy's* ? C'était une occasion unique, le genre de moment qui n'arrivait que dans les films. Pas dans la vraie vie. Pas à une fille qui a grandi dans un appartement au cinquième étage sur Delancey Street.

Pas à *moi*.

— Dis oui ! a lancé Veronica.

— Oui ! ai-je confirmé. Bien sûr que oui !

J'ai fermé les yeux et dansé sur place. Quand je les ai rouverts, une vieille dame avec un chien minuscule blotti dans son sac à main m'a regardée de travers.

— Désolée, ai-je murmuré. On vient de m'annoncer une nouvelle qui risque de changer ma vie !

J'ai montré mon portable du doigt. La dame n'avait pas l'air impressionnée.

— Katy ? a tenté Veronica. Tu es toujours là ?

J'ai dansé davantage. La dame au chien n'avait qu'à circuler.

— Oui ! ai-je répondu. Merci mille fois, Veronica. Tu n'imagines pas à quel point je te suis reconnaissante. Merci !

On avait beau se voir rarement, V était la personne la plus loyale que je connaissais.

— Tu n'as pas à me remercier. Réserve-moi une place au premier rang chez Lacy's, et à Spring Street quand tu auras ton propre défilé à la Fashion Week.

Tout à coup, ce rêve me semblait plus palpable. Ce défilé était la porte ouverte à toutes les possibilités ! Un acheteur de

Lacy's pourrait commander une de mes créations. Un investisseur pourrait assister au défilé et m'offrir une mise de fonds pour lancer ma première collection.

Quoi qu'il arrive, je verrais enfin une de mes tenues sur un podium.

Ma mère aurait été aux anges.

J'ai remercié Veronica une dernière fois, puis on s'est dit au revoir. J'étais déjà en train de réfléchir à ce que j'allais proposer. Il fallait que ma tenue soit *parfaite*.

— Bonne nouvelle ? a demandé KO en souriant.

J'avais été tellement obnubilée par ma conversation avec Veronica que je n'avais même pas remarqué que KO avait enfilé le satané pull cactus, avec un Borsalino en daim rose et un foulard en soie à motif dalmatien.

— La meilleure nouvelle de l'année, ai-je répondu en éclatant de rire.

Je me suis jetée dans ses bras.

Cet automne serait vraiment parfait !

# CHAPITRE SIX
## Jorge

*REGARDEZ-MOI, JE SUIS LE ROI de New York*, ai-je fredonné dans ma tête tout en jetant mon pied pointé derrière mon oreille.

*Tu parles d'un roi.* Mon legging de jazz était trop court. Le vieux tee-shirt NYPD de mon frère était deux fois trop grand. Pour quelqu'un qui dansait sur une chorégraphie de *Newsies*, je ressemblais plus à une diva débraillée un jour de lessive qu'à un livreur de journaux. Il était temps que je rafraîchisse ma garde-robe. Malheureusement, le peu d'argent que je gagnais en mettant le bacon, les œufs et les fromages en rayon à l'épicerie ne me permettait pas de m'habiller en Capezio.

Malgré tout, s'il y avait bien une chose que je savais faire, c'était me vendre. *Regardez-moi.* J'ai offert mon plus beau sourire à Jason Bravard tout en effectuant un piqué. Ce n'était qu'un cours de danse, mais dans le milieu du théâtre new-yorkais, particulièrement au Broadway Dance Center, un simple cours n'était pas à prendre à la légère. Jason Bravard était le prof du cours avancé de comédie musicale, mais il était aussi chorégraphe, lauréat d'un Tony Award. À tout moment, il pouvait arrêter le cours et hurler : « Toi ! Le Latinx maigrichon qui a arraché les manches du vieux tee-shirt de son frère pour que je ne vois pas ses taches de sueur ! Tu es exactement la personne qu'il me faut pour mon prochain spectacle sur Broadway. »

OK, c'était peu probable, mais pourquoi pas ?

À la fin du cours, j'ai épongé mon visage avec le bas de mon tee-shirt et j'ai suivi les autres danseurs vers le tas de sacs laissés contre le mur. J'espérais que je n'avais pas oublié ma bouteille d'eau.

— Jorge ?

Je me suis retourné. Jason me faisait signe de le rejoindre. Moi ? Vraiment ? Je ne pensais même pas qu'il connaissait mon nom ! Le moment dont j'avais toujours rêvé était peut-être arrivé. Je deviendrais la version portoricaine de Peggy Sawyer ! J'étais entré dans son cours comme un débutant, mais Jason Bravard ferait de moi une star !

Tandis que je le rejoignais, Jason a croisé les bras et m'a examiné comme une orange qu'il hésitait à acheter.

— Tu as bien dansé, a-t-il dit. *Très* bien. Tu as beaucoup progressé cet été. Tu as fini tes études, n'est-ce pas ?

— Oui, au printemps.

J'ai passé une main sur mon front dégoulinant. J'aurais préféré avoir cette conversation en étant présentable. Cette chorégraphie de *Newsies* était particulièrement exigeante. Les livreurs de journaux auraient dû être fatigués par leurs livraisons, mais ce n'était pas le cas.

— Est-ce que tu travailles en ce moment ? a demandé Jason.

J'imaginais qu'il parlait de spectacle, pas des fromages que je découpais pour le déjeuner de nos clients.

— Non, ai-je répondu. J'avais prévu de passer des auditions cet été, mais...

— C'est la saison morte, a-t-il terminé. Le vrai travail commence maintenant.

J'ai hoché la tête. Jason a passé une main sur sa barbe poivre et sel, comme chaque fois qu'il nous faisait la morale après qu'on avait gâché ses chorégraphies.

— Tu as sûrement entendu parler du casting ouvert de *Hello, Dolly !* a-t-il repris. C'est l'événement de l'année pour toi et toutes les Suzy Q qui débarquent de Wichita en bus avec une valise pleine d'extensions capillaires.

— Washington Heights, l'ai-je corrigé. Pas Wichita.

— Tu es un New-Yorkais de souche ? s'est-il étonné. J'aurais dû m'en douter. C'est la poussière de la ville qui t'aide à atterrir sans glisser.

Tout ce que faisait la poussière de la ville, c'était salir mes chaussures, mais je n'allais pas le contredire.

— Je pense que, contrairement aux autres, tu as une chance d'être sélectionné, a-t-il avoué.

Mon cœur s'est empli d'espoir. Si Jason Bravard pensait que j'avais une chance, c'était la vérité. J'assistais à ses cours depuis des années, et je n'avais entendu qu'un seul compliment sortir de sa bouche – compliment qui ne m'était évidemment pas destiné.

— Arrive sur place le plus tôt possible, m'a-t-il conseillé. Ça va être la folie. Et fais en sorte qu'on te voit. Je parlerai de toi à Ethan.

— Vous connaissez Ethan Fox ?

— Bien sûr, a-t-il répondu d'un ton affectueux. On était à Juilliard ensemble. Ethan était déjà un génie, et moi un danseur quelconque.

Contrairement à ce qu'il prétendait, Jason Bravard était un génie, lui aussi – il avait quitté l'école pour chorégraphier la reprise d'*Un jour à New York* au Lincoln Center, grâce à quoi il avait remporté son Tony – mais je ne voulais pas jouer au fan invétéré en lui récitant son propre CV.

— Je ne sais pas ce qui lui a pris à vouloir reprendre *Hello, Dolly !* s'est-il amusé. Je n'ai rien contre les vieilles comédies musicales, mais ce n'est pas son genre. Ce qui est certain, c'est que, connaissant Ethan, sa version sera intéressante. C'est peut-être ta chance, Jorge. Ce genre d'occasion n'arrive pas tous les quatre matins. Ne la gâche pas.

— Merci, ai-je bredouillé.

Son discours était plus terrifiant qu'inspirant, mais Jason était l'un des meilleurs chorégraphes de New York. Tout conseil de sa part était bon à prendre, et la pression était montée d'un cran. Quand je suis sorti de la salle, les autres élèves n'avaient qu'un sujet à la bouche : le casting d'Ethan Fox. Tous les comédiens en herbe de la ville – et ceux qui vivaient à l'extérieur de New York mais pouvaient faire le trajet – seraient présents. Une recommandation de Jason Bravard aiderait sûrement à ce qu'on me remarque mais, si je voulais me démarquer, il fallait que je donne *tout*. J'avais besoin d'une tenue de vainqueur, celle qui marquerait le début de ma carrière, qui crierait « Je suis votre Barnaby ! » sans pour autant ressembler à un déguisement.

Une seule personne était capable de m'aider.

J'ai sorti mon portable, et j'ai envoyé un message à Katy Keene.

# CHAPITRE SEPT
## Pepper

JE N'AI JAMAIS AIMÉ MADELEINE, héroïne de la série de romans du même nom.

Certes, son carré strict lui allait à ravir, ce qui n'est pas donné à tout le monde, mais cette histoire de « douze petites filles sur deux rangs » me donnait la chair de poule. Sans oublier sœur Clavel qui, aussi gentille et prévenante fût-elle, menait une mission peu réjouissante, avec tous ces petits lits entassés dans une chambre.

Moi, j'avais besoin d'espace.

Non, Madeleine ne m'avait jamais intéressée. Par contre, j'adorais Éloïse. C'était une icône. À seulement six ans, elle comprenait la vérité fondamentale de notre existence : il n'y a pas de meilleure résidence qu'un hôtel de luxe.

— Bienvenue au Five Seasons Hotel New York, comment puis-je vous aider ? a demandé la concierge avec un sourire aussi froid que ses cheveux blonds glacés, attachés en un élégant chignon torsadé.

Elle portait des boucles d'oreilles en perles et un foulard en soie autour du cou. Le Five Seasons était peut-être un choix traditionnel, mais là-bas tout était chic jusqu'au moindre détail.

— *J'espère* que vous pouvez m'aider, ai-je répondu avec un sourire aussi froid que le sien. La réservation a été faite au nom de mon père, mais il est retenu à Hong Kong pour le travail. C'est la saison des pluies, voyez-vous. Une calamité pour le marché mondial.

— Bien sûr, mademoiselle Smith.

Malgré mes lunettes œil de chat imposantes, la concierge m'avait reconnue. C'était peine perdue. En même temps, je n'avais jamais compris ces stars hollywoodiennes qui traversaient les aéroports en sweat-shirts à capuche et sordides casquettes de base-ball. Quitte à vouloir passer incognito, autant le faire avec style.

— Nous avons une carte enregistrée au nom de P. Smith pour couvrir les frais imprévus, a annoncé la concierge. Souhaitez-vous que nous utilisions cette carte ?

J'ai hoché la tête en repensant à mes copines de lycée, qui avaient toujours eu accès aux cartes de crédits de leurs pères « en cas d'urgence ».

— J'espère pouvoir m'enregistrer dès maintenant ? ai-je lancé.

— Bien sûr, mademoiselle Smith. Vous êtes dans la suite Luna. J'espère que c'est acceptable.

— Plus qu'acceptable, ai-je répondu.

Ce n'était pas la plus grande suite du Five Seasons, mais la vue sur le parc était magnifique. Et puis, mes très chers amis – ou plutôt mon oncle et ma tante de substitution – Michelle et Barack occupaient actuellement la plus grande suite. Après tout, ils méritaient la suite présidentielle plus que moi.

— Je vous souhaite un agréable séjour à New York, malgré votre…

Je l'ai fixée en attendant la suite.

— … situation, a-t-elle conclu.

Décidément, cette satanée histoire de liaison royale me suivrait partout. À en croire mes souvenirs, c'était la plus persistante de toutes celles que j'avais entendues à mon sujet. Il était rare qu'elles traversent l'Atlantique, et encore plus rare qu'elles le fassent à mon insu. Il était quasiment impossible de contrôler la presse, mais en général j'avais une petite idée de ce qui allait se raconter et de l'origine des ragots me concernant. Surtout quand ils étaient faux, comme celui-ci.

La famille royale. Seul un fou ou un idiot tenterait un rapprochement avec cette bande de chenapans. Les médias avaient été tellement vagues que je ne savais même pas qui j'avais « séduit ». En tout cas, je n'étais pas du genre à briser un mariage, ni à vouloir m'immiscer dans une famille qui demandait à ses femmes de porter des collants par tout temps. J'étais parfaitement heureuse avec mes jambes nues, plantées sur le territoire américain.

Un porteur s'est emparé de mes valises tandis que la concierge glissait ma clé sur le comptoir. Dans cet hôtel, même l'air sentait meilleur qu'ailleurs : un parfum frais, légèrement floral. Plus les minutes passaient, mieux je respirais.

J'étais enfin de retour chez moi.

# CHAPITRE HUIT
## Josie

LA FORMULE DES COMFORT MOTELS était une véritable science. Je ne savais plus dans combien de motels on avait dormi, mais ils étaient tous identiques, quelle que soit la ville où on jouait. Chaque entrée avait ses canapés bleus et ses coussins orange, son comptoir d'accueil en bois foncé et blanc, et son coin petit déjeuner, où les mêmes œufs brouillés caoutchouteux et sachets d'avoine individuels m'attendraient le lendemain matin. Avec un peu de chance, il resterait même des yaourts aux fruits rouges et du porridge au sirop d'érable, et pas seulement des yaourts aux myrtilles et du porridge nature.

J'ai secoué la tête. *Ressaisis-toi, Josie.* La perspective d'un yaourt aux fruits n'aurait pas dû me mettre dans cet état. Je doutais que Beyoncé sortait de son bus de tournée en rêvant de yaourts aromatisés. Elle avait autre chose à penser, comme dominer le monde. Il fallait que je prenne exemple sur elle.

Mais d'abord, il était quand même temps de me nourrir. On avait terminé notre concert au théâtre Stranahan une heure plus tôt, et j'étais affamée. Notre hôtel était collé à l'autoroute : pratique pour partir de bonne heure, mais pas pour trouver à manger dans le quartier. Il n'y avait rien autour de nous, pas même le néon grésillant d'un fast-food ou d'une station-service avec une sélection de chips. Comme d'habitude, mon père avait insisté pour qu'on rentre à l'hôtel dès la fin du concert. Interdiction de s'arrêter pour acheter à manger.

Il ne me restait plus qu'une seule option : le distributeur. Si le Comfort Motel de Toledo était comme les autres, le distributeur de nourriture serait au bout du couloir, après l'ascenseur, niché dans un coin à côté de la machine à glaçons.

Bien sûr, c'était le cas. Dans un monde rempli d'incertitudes, les Comfort Motels avaient le mérite d'être fiables.

Seule surprise : Archie Andrews était planté devant le distributeur.

J'ai trébuché et manqué de me tordre une cheville dans mes bottines à talons.

J'ai réfléchi un instant, retrouvé mes esprits. Ce n'était pas lui. Bien sûr que non ! Archie Andrews n'avait aucune raison de séjourner dans un Comfort Motel à Toledo.

J'ai posé une main sur le mur et j'ai observé le mystérieux inconnu. Il ne ressemblait pas vraiment à Archie. D'abord, il n'avait pas les cheveux roux, mais châtain clair avec des reflets dorés à la lueur des plafonniers. C'était plutôt la manière dont il se tenait et sa carrure qui m'avaient rappelé mon ami. Et puis, il portait le même genre de haut Henley, et une guitare sur le dos.

Tout à coup, je me suis revue dans la salle de musique de Riverdale High, assise sur le banc en bois devant le vieux clavier, en train d'annoncer mon départ à Archie. J'ai senti le baiser qu'il avait déposé sur mon front. Dans une ville où rien n'était simple ni doux, Archie parvenait à être les deux à la fois. C'était quelqu'un de bien.

Et voilà que je me retrouvais en tournée dans tout le pays, comme je l'avais promis à Archie. Cet inconnu avec sa guitare m'avait fait l'impression d'un fantôme, comme si ma main allait le traverser si j'essayais de le toucher.

Il était assez grand pour poser son bras au sommet du distributeur. Il étudiait les différentes options en tambourinant sur la machine avec ses doigts. On aurait dit qu'il cherchait une réponse cachée à l'intérieur.

— Que choisir ? a-t-il murmuré. Que. Choisir.

J'ai toussé une fois, au cas où il ne m'aurait pas entendue approcher.

— Mmh, a-t-il fredonné sans cesser de tapoter avec ses doigts.

J'ai toussé à nouveau. Il n'a pas bronché.

Je savais à quel point il était important de choisir le bon en-cas, mais ma patience avait des limites. Son tambourinement commençait à m'agacer. J'ai tapé du pied, mais le bruit a été étouffé par la moquette.

— Du calme, beauté, a dit l'inconnu sans se retourner. Ne troue pas la moquette avec tes jolis talons.

Il avait une voix grave et suave, différente de celles des garçons de Riverdale.

— Je pense que tu fais erreur, ai-je protesté. Il n'y a pas de « beauté » dans ce couloir.

— Sans blague ?

J'avais entendu le sourire dans sa voix mais, quand il s'est retourné, j'ai accusé le coup : c'était le genre de sourire qui illuminait des milliers de casiers de collégiennes. Ce n'était pas une star – du moins, je ne l'avais vu nulle part – mais il avait tout pour le devenir. Il a frotté sa mâchoire mal rasée d'une main tout en m'inspectant de la tête aux pieds. Je me suis retenue de tirer sur ma jupe. Je ne voulais pas lui faire ce plaisir.

— Tu es trop belle pour ne pas être la « beauté » de quelqu'un.

— Est-ce que le sexisme est offert avec le jean moulant que tu as acheté dans la bourgade bouseuse d'où tu viens ?

Il a éclaté de rire.

— Je ne viens pas d'une bourgade bouseuse, Josie McCoy. Je viens de Nashville. Music City.

— Comment connais-tu mon nom ? ai-je lancé, méfiante.

Je me demandais si j'étais capable de courir jusqu'à l'accueil pour appeler à l'aide. Même les hommes sexy comme lui pouvaient être dangereux.

— J'ai assisté à votre concert ce soir, a-t-il avoué. Tu as une voix magnifique. Boone Wyant, ravi de te rencontrer.

Il m'a tendu la main. Je l'ai serrée malgré moi, tout en continuant à me demander s'il était un fan normal ou s'il m'avait suivie jusqu'à l'hôtel.

— Je joue au Stranahan demain soir, a-t-il ajouté.

Il jouait au même endroit que nous ? Un chanteur de… country ? J'avais du mal à imaginer quelqu'un qui s'appelait Boone Wyant, avait des bottes de cow-boy et une guitare chanter autre chose que de la country.

— Tu ne m'as pas suivie ? ai-je vérifié en levant un sourcil.

— Pas cette fois, a-t-il blagué, avant de reprendre un air sérieux. Non, mademoiselle, je ne vous ai pas suivie. Et je ne devrais pas plaisanter à ce sujet. Désolé.

— Je déteste « mademoiselle » encore plus que « beauté ».

— Décidément, j'ai tout faux ce soir, a-t-il regretté en se frottant la joue.

Certains hommes sont faits pour porter une barbe de trois jours.

Boone Wyant en faisait partie.

— OK, reprenons à zéro, a-t-il proposé en souriant. Bonsoir, je m'appelle Boone Wyant. J'ai adoré votre concert. Je suis fan de ton père depuis longtemps, et tu as une voix unique.

Je lui ai rendu son sourire. C'était plus fort que moi.

— Josie McCoy. Ravie de te rencontrer. Tu es vraiment fan de mon père ?

— Même les amateurs de country savent apprécier le jazz, a-t-il répondu.

Pendant quelques secondes, on est restés plantés face à face en se souriant. Je n'étais pas encore convaincue que ce garçon n'était pas un crétin sexiste, mais son charme était indéniable.

— Rien ne me tente, a-t-il fini par annoncer en se retournant vers le distributeur. Et si on allait manger ailleurs, Josie McCoy ?

Il n'y avait pas d'horloge dans le couloir, mais il devait être presque minuit. Je n'avais pas de couvre-feu à respecter : mon père partait du principe que j'allais au lit dès notre retour et que je reposais ma voix pour le concert du lendemain.

Mon regard s'est attardé sur les larges épaules de mon bel inconnu, mises en valeur par son haut qui lui collait à la peau.

— Tu sais quoi ? Je suis partante, Boone Wyant. Vraiment partante.

# CHAPITRE NEUF
## Katy

LA PREMIÈRE FOIS QUE JORGE et moi avions franchi le seuil de Molly's Crisis, on y était entrés en douce. À seulement quatorze ans, on avait essayé de paraître plus vieux en se surmaquillant. On aurait dit qu'on avait appliqué tous les échantillons de Sephora sur notre visage – ce qui n'était pas complètement faux. À l'époque, on était devenus les maquilleurs les plus rapides de l'histoire : on se maquillait jusqu'à ce que les vendeuses nous reprochent d'avoir essayé tous leurs produits sans rien acheter.

Jorge s'était même collé une fausse barbe, dont la couleur était complètement différente de celle de ses sourcils. En revanche, ses yeux étaient tellement bien maquillés qu'ils faisaient diversion. De toute manière, ce soir-là, personne ne nous avait prêté attention.

Molly's Crisis, c'est un bar où ont lieu des concerts de chanteuses drag-queen. Lors de notre première visite, on était tombés sur une soirée Dolly Parton. Le bar était rempli à craquer de drag-queens blondes à la poitrine plantureuse. Personne n'avait remarqué les deux adolescents qu'on était au milieu de tout ce strass et de toutes ces franges. On n'avait rien commandé au bar de peur d'être mis à la porte, et on s'était installés au fond de la salle, fascinés. Avant même que la première queen ait terminé son premier couplet de *Jolene*,

Jorge et moi étions tombés amoureux de cet endroit. Les costumes, le maquillage, la musique… tout était merveilleux. Je ne m'étais jamais retrouvée dans une pièce remplie d'autant de gens qui *s'amusaient*.

On y est retournés plusieurs fois. Un employé a fini par remarquer qu'on était trop jeunes pour être là, mais le généreux manager a décidé que, si on ne consommait pas d'alcool, notre présence ne le dérangeait pas. Jorge et moi avons donc grandi avec Judy, Barbra et Liza, et notre maquillage s'est amélioré au fil de nos visites.

Certes, le sol était collant, le soda manquait de bulles et certaines queens chantaient un peu faux, mais Molly's Crisis était devenu notre maison. C'était notre échappatoire, un monde rempli de paillettes et de rires. Ces deux dernières années, Jorge et moi avions eu besoin d'échapper à la réalité plus d'une fois.

— Un peu plus de cola cerise, Katy Keene ? a demandé Darius, qui tenait son pistolet à soda comme une Drôle de dame.

Avec sa perruque blonde, il n'avait rien à envier à Farrah Fawcett.

— Oui, merci, ai-je dit en poussant mon verre sur le bar. J'ai besoin de caféine et de sucre.

Avant que les soirées battent leur plein, Molly's Crisis était un endroit agréable pour travailler. La lumière était un peu trop tamisée, mais les ampoules étaient élégantes et leur lueur chaleureuse. La musique des années 1980 et 1990 me rappelait l'époque où je travaillais avec ma mère, qui adorait coudre en écoutant de la pop.

Pour l'instant, j'étais seule au bar avec mon carnet à dessin. Deux chanteuses en semi-drag préparaient leur concert du soir autour d'une table. J'espérais avancer suffisamment dans mon travail pour pouvoir assister à leur show. Ensuite, je rejoindrais KO au Starlite pour le dîner. Je les avais entendu parler de Beyoncé. C'était exactement ce dont j'avais besoin : une bonne dose d'inspiration de Queen Bey.

— N'abuse pas de la caféine, m'a conseillé Darius. Elle retarde la croissance.

Malgré son avertissement, Darius a rempli mon verre à ras bord et ajouté quelques cerises au marasquin. Il savait à quel point je les aimais.

— J'ai dix-huit ans, lui ai-je rappelé. Il est trop tard pour me soucier de ma croissance. J'ai décidé d'accepter mon mètre cinquante-huit, et je suis désormais la fière propriétaire de *plusieurs* paires de talons hauts.

— *Plusieurs* ? s'est amusé Darius. Dans ce cas, montre-moi celles que tu portes ce soir.

J'ai tourné sur mon tabouret et jeté un pied sur le bar. Je portais mes chaussures préférées : des talons rouges, suffisamment solides pour survivre aux pavés du Village avec des bords bleu marine et un bout arrondi. J'avais déniché cette paire dans une boutique vintage dans le Lower East Side. Je les avais personnalisées en découpant un vieux sac à main en cuir rouge avec lequel j'avais formé des cœurs, collés ensuite sur les orteils. Je ne pouvais pas m'empêcher d'ajouter des cœurs partout, surtout de ma couleur préférée.

— Je ne savais pas que tu participais au spectacle de ce soir, Katy ! a lancé une voix familière.

Mon meilleur ami est entré dans le bar, accompagné d'un courant d'air froid. Jorge a fermé la porte derrière lui. Les strass de son sweat-shirt court bleu canard scintillaient. J'adorais ce sweat-shirt. Jorge l'avait trouvé dans une friperie. On l'avait découpé et décoré en s'égosillant sur des chansons de *Fame* jusqu'à ce que ma voisine frappe contre le mur pour nous faire taire.

— J'espère que tu resteras pour assister à mon spectacle « Femme seule avec son carnet à dessin », ai-je plaisanté. « Ennuyeux à mourir », d'après les critiques.

— J'ai hâte, s'est amusé Jorge en me faisant un clin d'œil.

Il m'a embrassée sur le front et s'est perché sur un tabouret à côté de moi.

— Tiens, voici le garçon le plus *froid* de la ville, a grommelé Darius. Qu'est-ce que tu veux boire ? Un verre de glaçons, peut-être ?

— Qu'est-ce que j'ai fait pour mériter cet accueil ? s'est indigné Jorge.

— Qu'est-ce que tu as *fait* ? a lancé Darius, visiblement scandalisé. Qu'est-ce que tu as *fait* ?

— Darius, tu es incorrigible. Est-ce que tu m'en veux encore par rapport à Whitney ?

— Est-ce que je t'en veux *encore,* a marmonné Darius en lui servant un verre de glaçons avec un parasol en papier. À propos de *Whitney* ?

— Est-ce que tu peux arrêter de tout répéter en *insistant* sur des mots *différents* ? lui a reproché Jorge en glissant le parasol derrière son oreille. Et pourrais-tu, *chillona*, ajouter du soda au gingembre dans mon verre, ou es-tu trop occupé à être mesquin ?

— Qui est Whitney ? ai-je demandé.

— Qui est Whitney ? a répété Darius. Qui est *Whitney* ! Voilà la jeunesse d'aujourd'hui ! Aucune culture !

— Katy connaît Whitney Houston, s'est amusé Jorge.

— Oh ! Bien sûr ! ai-je dit. Je pensais que vous parliez d'une amie qui s'appelait Whitney.

— Je n'ai pas d'amie qui s'appelle Whitney, a répliqué Darius en dégainant le pistolet à soda dans le verre de Jorge.

— Darius est obsédé par Whitney Houston, m'a expliqué Jorge. Je suis passé mercredi soir pour le Whitney Wednesday et je l'ai déçu.

— Quand on joue *I Wanna Dance with Somebody* dans ce bar, on ne manque pas de respect à Whitney *en ne dansant pas*, a annoncé Darius d'un air sérieux. Je t'ai *invité* à danser. J'avais parlé de toi à mes amis…

— Des amis qui ne s'appellent pas Whitney, ai-je plaisanté.

— … et je m'attendais à ce que tu *donnes tout* ! a conclu Darius.

— J'ai dansé ! a protesté Jorge.

— Tu as dansé comme un garçon blanc au mariage de son cousin ! a regretté Darius.

— À combien de mariages as-tu assisté dans ta vie ? a demandé Jorge en levant un sourcil parfaitement épilé.

— OK, tu as dansé comme un garçon blanc au mariage de son cousin dans le *Connecticut*, a ajouté Darius.

— Là, tu vas trop loin ! s'est indigné Jorge.

— Quel est le problème avec le Connecticut ? ai-je demandé.

— Meuf, je ne suis pas comme les drag-queens que tu vois à la télé et qui aiment éduquer les filles hétéros, a grogné

Darius. Éduque-toi. Quant à toi, Jorge, je veux te voir *danser*. Sauts, pirouettes, jetés, ce genre de choses.

— Désolé, mais pas sur ce sol en ciment poisseux, a répondu Jorge en secouant la tête. Je ne veux pas me casser un genou !

— Jorge, je t'ai vu sauter de ce bar et atterrir en grand écart sur ce « sol en ciment poisseux », lui a rappelé Darius en écrasant un poing sur le bar. Est-ce que c'est seulement Robyn qui y a droit, ou…

— J'essaie d'être un adulte responsable ! s'est agacé Jorge en levant les bras en l'air. J'ai l'audition la plus importante *de ma vie* demain. Je ne vais pas la gâcher pour Whitney !

— C'est pour ça que tu voulais me parler de vêtements ? ai-je deviné en fermant mon carnet.

Je savais à quel point Jorge était déçu de ne pas avoir décroché de rôle de l'été. Je détestais le voir aussi désemparé, une pâle copie de mon meilleur ami, d'ordinaire si énergique. Il avait perdu sa joie de vivre habituelle depuis qu'il était retourné vivre chez ses parents.

— Oui ! a-t-il avoué en attrapant mes mains dans les siennes.

J'étais soulagée de le voir aussi enthousiaste.

— Ce n'est pas une audition comme une autre, a-t-il expliqué. C'est *mon* audition. Un casting ouvert pour une reprise de *Hello, Dolly !* mise en scène par Ethan Fox. Je suis fait pour ce rôle !

— *Hello, Dolly !* ? a ricané Darius. *Beneath your parasol the world is all a smile ?* Il n'y a pas plus ringard que cette comédie musicale !

— Elle ne sera pas ringarde avec Ethan Fox aux commandes, a insisté Jorge. Dis-moi, tu n'as pas un inventaire à faire avant que la soirée commence ?

— Arrête de m'expliquer comment je dois travailler ! s'est agacé Darius.

— Je devrais peut-être travailler à tes côtés, s'est amusé Jorge. Maintenant que j'ai dix-huit ans, j'ai le droit d'être barman. Est-ce que tu voudrais de moi, Darius ? Tu pourrais me former.

— Je n'ai pas le temps d'apprendre à un bébé comment préparer un martini…

— Personne ne commande des martinis ici, lui ai-je rappelé.

À Molly's Crisis, on buvait plutôt de la tequila.

— Bon, il y a un inventaire qui m'attend, s'est défilé Darius. Katy, ne pars pas sans ma combinaison. Elle a une déchirure à l'épaule, et il manque quelques strass.

— Pas de problème, ai-je dit tandis que Darius disparaissait dans la réserve. Un casting ouvert, Jorge ? C'est tellement excitant ! Je suis heureuse pour toi. Je suis sûre que tu vas être pris. Tu es tellement doué. Ethan Fish va te supplier d'accepter le rôle.

— Fox, m'a corrigée mon ami.

— Désolée. Si j'ai bien compris, tu as besoin d'une tenue ?

— Oui. Pour demain. On nous demande seulement seize mesures d'une chanson de comédie musicale classique. Pas de monologue, pas de chorégraphie, donc pas de mouvements. La danse, ça sera pour plus tard, si on me rappelle.

— *Quand* on te rappellera, ai-je dit en souriant.

— *Quand*, tu as raison. Pour l'audition de danse, je porterai mon short vert porte-bonheur.

— Évidemment.

— Tu sais que je portais ce short quand j'ai embrassé...

— Chase Peterman-Yang, qui jouait le prince Éric au camp de théâtre, avons-nous terminé à l'unisson.

Ce n'était pas la première fois que j'entendais l'histoire de Chase Peterman-Yang et de la séance de bisous dans les coulisses. Ce moment aurait été encore plus romantique si Jorge n'avait pas été déguisé en Polochon.

— Quel été magique, a soupiré Jorge. La seule ombre au tableau, c'était que j'aurais dû jouer Ariel. Cette fille n'avait pas le registre adapté. Mon corps est fait pour avoir une queue de sirène, pas vrai ?

Jorge a encerclé sa taille fine avec ses mains, et il a posé comme Ariel sur son rocher.

— Revenons-en à *Hello, Dolly !* ai-je suggéré.

— Bien sûr. J'aimerais une tenue adaptée à l'époque, mais pas trop « costumée », si tu vois ce que je veux dire ? Elle doit rappeler Yonkers, la fin du dix-neuvième siècle, mais pas la tuberculose.

— Je vois, ai-je dit en ouvrant mon carnet. Par contre, je ne sais pas quel genre de vêtement rappellerait « Yonkers ».

— *Get out the Brilliantine and dime cigars !* a chanté Darius depuis la réserve.

— Tais-toi ! a crié Jorge. Je n'ai pas besoin de brillantine !

J'ai tourné les pages de mon carnet en riant. Jorge a posé sa main sur la mienne et m'a forcé à revenir en arrière, sur le croquis de la robe sur laquelle j'étais en train de travailler.

— Qu'est-ce que c'est que cette robe, Katy Keene ? a-t-il demandé. Elle est magnifique. Est-ce que c'est pour ta candidature à Parsons ?

— Non, ai-je répondu en tournant la page et en lissant la suivante. Tu sais que ce projet est en pause jusqu'à nouvel ordre. Peut-être même pour toujours.

— Katy, a soupiré Jorge en tapotant mon épaule. Pas pour toujours. Parsons est l'école de tes rêves !

— C'était aussi le rêve de ma mère, ai-je murmuré.

Les larmes aux yeux, j'ai fixé les pages vierges de mon carnet. J'avais prévu de m'inscrire à cette école quand j'étais au lycée. Je voulais étudier la mode, poursuivre une carrière de styliste comme Anna Sui, Marc Jacobs et Donna Karan, tous diplômés de Parsons. Ma mère et moi avions quasiment commencé à en parler quand j'étais en maternelle.

Mais elle était tombée malade, et j'avais concentré mon énergie sur le lycée et le futur proche. Je n'avais pas préparé de portfolio, et malgré notre mutuelle, il ne me restait plus beaucoup d'argent après les dépenses pour l'hôpital et la fermeture de sa boutique.

Quoi qu'il en soit, jamais je ne regretterais d'avoir passé ma dernière année de lycée au chevet de ma mère. Elle avait toujours été plus importante que Parsons.

— Elle voudrait que tu étudies là-bas, a insisté Jorge, ou au moins que tu candidates. Tu en rêves depuis tellement longtemps !

— Peut-être l'année prochaine, ai-je conclu sans la moindre conviction.

J'avais l'impression qu'étudier à Parsons sans pouvoir partager mon expérience avec ma mère serait plus douloureux que de ne pas y aller du tout. Je passais déjà mes journées à vouloir lui raconter mes aventures. Comment supporterais-je de faire quelque chose dont on avait rêvé ensemble sans qu'elle soit là pour y assister ?

— Dans ce cas, pour quelle occasion as-tu dessiné cette robe ? a demandé Jorge. Elle est trop belle pour rester sur une page !

— C'est pour un projet très excitant, ai-je avoué. Peut-être même *plus* excitant que Parsons.

C'était comme si on me demandait de choisir entre mon manteau rouge à col Claudine et mon sac en forme de cœur. Impossible !

— Rex London organise un défilé de mode chez Lacy's pour mettre en avant de jeunes stylistes, ai-je expliqué. Et *je* fais partie de ces jeunes stylistes !

— Rex London ? Celui qui passe à la télé ? Chez *Lacy's* ?! J'ai hoché la tête avec enthousiasme.

— Oh ! Katy !

Jorge m'a serrée dans ses bras. J'ai failli tomber de mon tabouret.

— C'est une occasion en or ! Dans ton magasin préféré ! Et Rex London est vraiment sexy.

Le sex-appeal de Rex London ne m'était même pas venu à l'esprit, mais Jorge avait raison. Ses costumes sur mesure lui allaient à ravir.

J'ai tout raconté à mon meilleur ami. L'assistant de Rex London m'avait envoyé les détails du défilé seulement quelques minutes après ma conversation avec Veronica. Cette fille était d'une efficacité terrifiante. D'ici peu, elle serait à la tête de Lodge Industries – peut-être même du monde entier.

— Je t'y vois déjà, a dit Jorge en levant les mains comme un réalisateur qui cadrerait un plan. Madame Lacy va tomber amoureuse de la tenue que tu vas présenter au défilé, elle va te donner des milliers de dollars pour lancer ta collection et, d'ici l'automne prochain, *tout le monde* portera du Katy Keene.

— Peut-être.

Je n'étais pas convaincue, mais j'avais du mal à ne pas me laisser emporter par l'excitation de Jorge et les possibilités qui s'offraient à moi.

— Franchement, je n'en demande pas tant, ai-je avoué. Pour l'instant, j'accepterais n'importe quel poste chez Lacy's, mais ils n'embauchent pas. Pas même dans la réserve.

— La réserve ? a demandé Jorge en fronçant les sourcils. Chérie, tu es trop douée pour qu'on t'enferme. Concentrons-nous sur ta carrière de styliste riche et célèbre, OK ? Maintenant, parle-moi de ta robe.

— D'accord, ai-je dit en revenant à mes croquis. Je pensais à une silhouette années 1940, avec des épaules marquées et une taille de guêpe, mais je ne veux pas qu'elle ressemble à un déguisement… Pour l'instant, je ne suis pas satisfaite.

— Sérieusement ? s'est étonné Jorge. Moi, je l'adore. Je porterais cette robe sans souci. Mais ce qui compte, c'est qu'elle te plaise, à *toi*.

— Je sais, ai-je soupiré en glissant une mèche de cheveux derrière mon oreille. Il faut que je me mette à la couture dès aujourd'hui. Le défilé a lieu dans deux semaines. Je me demande juste si c'est *suffisant*. Cette robe doit être parfaite. Je n'ai le droit de présenter qu'une tenue. C'est tout ce que Rex London, les employés de Lacy's et le reste des **invités** verront de mon travail. Je n'ai qu'une seule chance. Je ne veux pas la gâcher.

— Katy, tu ne vas pas la gâcher, et moi non plus.

— Oh ! Jorge, ai-je grogné. On était censés parler de toi, pas de moi.

J'ai tourné la page et j'ai commencé à dessiner ses épaules.

— Que dirais-tu d'un haut Henley ? ai-je suggéré. Les bretelles seraient un peu excessives, mais le Henley rappelle ce que portaient les magasiniers à la fin du dix-neuvième siècle. Tu pourrais le porter avec ton pantalon marron et tes bottes en cuir.

— Pourquoi pas ? a dit Jorge en jetant un œil à mon croquis. Pour être honnête, j'avais envie de porter des bretelles...

— Je ne vais pas te retenir, ai-je répondu en souriant. J'adore les bretelles.

Mon portable a vibré sur le bar. C'était un message de KO.

— C'est ton homme ? a deviné Jorge. Comment se porte ce magnifique poids lourd ?

— Il s'entraîne, ai-je répondu en lisant le message. On devait manger ensemble au Starlite, mais il vient d'annuler. Il a un nouveau partenaire de boxe avec qui ça se passe particulièrement bien.

— Dans ce cas, mieux vaut ne pas s'interposer entre deux boxeurs, s'est amusé Jorge. Et puis, grâce à lui, je t'ai rien que pour moi ce soir.

J'adorais passer du temps avec Jorge, et j'aurais plus de temps pour travailler, mais KO n'était pas du genre à annuler un rendez-vous à la dernière minute. En même temps, je ne voulais pas être égoïste. Je m'étais beaucoup reposée sur lui ces derniers temps. Je voulais qu'il sache que je respectais et soutenais sa passion, tout comme il respectait la mienne.

— Restons pour le concert, ai-je proposé. Beyoncé m'aidera peut-être à trouver l'inspiration.

J'ai examiné mon croquis. La robe n'avait aucun problème particulier, mais il manquait *quelque chose*. Plus je la regardais, moins elle me semblait unique. Il fallait que je recommence à zéro. Ou que je change de projet. Et si je travaillais sur une combinaison ? Ou une tenue qui mettrait mes compétences davantage en avant ?

Parce que je remplaçais quelqu'un, j'avais moins de temps que les autres participants pour me préparer. Ils étaient sûrement déjà prêts. Ils en étaient peut-être même aux ajustements. Le délai était trop court. Comment parviendrais-je à présenter quelque chose de présentable à temps ?

Si seulement j'avais pu montrer mon croquis à ma mère. Elle aurait su quoi faire. Même devant une simple esquisse, elle était capable d'analyser si la jupe tomberait bien, si l'ourlet se retrouverait au bon endroit. Elle avait un sixième sens pour ce genre de choses. Elle savait si une tenue serait magique ou pas une fois sur son cintre. J'aurais aimé avoir hérité de ce don.

Non, j'aurais juste aimé avoir ma mère à mes côtés.

— Si vous restez pour Beyoncé et que vous ne dansez pas sur *Crazy in Love*, je vous mets à la porte ! nous a prévenu Darius en revenant, une bouteille à la main. Je vous rappelle que vous n'avez pas encore vingt et un ans !

Jorge l'a ignoré et m'a fixée d'un air grave.

— Katy, cette robe est magnifique. Tu es douée. Quoi que tu décides, ton talent se reflétera dans ton travail. Ne réfléchis pas trop.

Il a ébouriffé mes cheveux, comme pour secouer toutes les idées qui se mélangeaient dans ma tête. Si seulement c'était aussi simple.

Une robe.

Une chance.

Il fallait qu'elle soit parfaite.

# CHAPITRE DIX
# Jorge

C'ÉTAIT ENCORE PIRE QUE CE que j'imaginais.

En général, les auditions avaient lieu au Pearl ou au Ripley-Grier – deux bâtiments remplis de dédales menant à des salles de casting et à des studios – ou à l'Equity Building. Même sans être membre de l'Equity, on avait le droit d'attendre dans l'entrée en espérant obtenir un entretien, mais j'avais appris à mes dépens que les chances étaient maigres et qu'on n'avait pas accès aux toilettes. Ce privilège était réservé aux membres.

Pendant que je faisais la queue, j'ai repensé à la bagarre qui avait éclaté à New York deux ans plus tôt, quand une fille qui auditionnait pour *America's Next Super Model* s'était embrouillée avec d'autres participantes à qui elle avait demandé de garder sa place pendant qu'elle allait aux toilettes.

Heureusement, il n'y aurait pas de bagarres dans la queue du casting de *Hello Dolly !*. Les auditions avaient lieu au Private Theatre, un théâtre de renom où s'étaient déroulées les résidences de nombreuses comédies musicales qui finissaient sur Broadway et qui organisait les spectacles gratuits *Shakespeare in the Park* chaque été. Ethan Fox avait fait décoller sa carrière au Private. Ce n'était pas surprenant qu'il choisisse ce théâtre pour lancer son nouveau spectacle.

Il était 7 heures du matin. Les auditions ne commençaient qu'à 11 heures, mais la file remontait déjà le trottoir. J'étais planté derrière un mec blanc au cheveux bruns, très propre sur lui. On aurait dit une poupée Ken, ou le mannequin d'une affiche de propagande de la seconde guerre mondiale qui célébrerait le parfait Américain.

Certaines personnes discutaient entre elles, mais je n'étais pas là pour me faire des amis. J'ai enfilé mes écouteurs et j'ai écouté une playlist que j'avais créée, uniquement composée d'ouvertures de spectacles de Broadway, en espérant que la musique instrumentale m'aiderait à garder mon calme. La file a continué à se former derrière moi. À 9 heures, elle faisait le tour du pâté de maisons.

À 10 heures, les journalistes sont arrivés.

— Incroyable, ai-je murmuré.

C'était comme le casting de *Fame* que ma mère et moi avions vu à la télé. Comme toujours, les journalistes se sont jetés sur les gens qui étaient en costumes, un choix que je n'ai *jamais* compris. Et puis, si tu décides de te déguiser, aie un minimum de classe. On aurait dit qu'ils avaient fait les soldes dans un magasin d'accessoires de fête en faillite – « une ombrelle offerte pour l'achat de deux chapeaux hideux ! ». Les queens de Molly's auraient été horrifiées.

À 11 heures, les portes se sont enfin ouvertes. J'étais tellement loin de l'entrée que je n'ai pas avancé d'un pas, mais un frisson d'excitation a parcouru la file.

J'ai cru *mourir* tellement on avançait lentement. Je n'avais pas autant souffert depuis le soir où Darius avait essayé d'atteindre la voix de sifflet de Mariah. Darius était doué, mais Mariah était inimitable. Un peu comme le garçon devant moi, qui faisait ses vocalises depuis quelques minutes. Il avait une belle voix. Il fallait que je les ignore, lui et les autres.

Après une attente interminable, je suis enfin entré dans le bâtiment où, bien sûr, il fallait encore attendre. Enfin, au bout d'un couloir, une assistante nous attendait, un carnet à la main. Elle a noté mon nom, je lui ai tendu mon CV, et elle a fait entrer le parfait Américain dans une pièce. Quelques minutes plus tard, il en est sorti. J'ai essayé de déceler des signes de confiance ou de déception sur son visage, mais il était impassible, comme un mannequin qui posait pour les bonnets en laine du catalogue J. Crew. C'était peut-être son cas. Il avait tout pour réussir.

— C'est à toi, m'a dit l'assistante. Bonne chance.

J'ai hoché la tête, puis je suis entré dans la pièce. C'était un minuscule théâtre, une boîte noire des murs jusqu'au sol, en passant par les fauteuils. Il y avait un piano au centre de la pièce. Le plancher avait été rayé là où on l'avait déplacé, révélant la vraie couleur du bois. Un homme âgé, chauve et à lunettes était assis derrière le piano, les mains prêtes à dévaler les touches. Derrière une table, devant les fauteuils, étaient assis trois hommes et une femme.

L'un d'eux était Ethan Fox.

*Mon Dieu.* Je pensais qu'il y aurait des auditions simultanées dans plusieurs salles, avec différentes équipes de casting, et des dizaines d'étapes à passer avant de rencontrer l'homme en question. Pourtant, il était bien là, devant moi. Je me suis aussitôt ressaisi et je leur ai souri, un sourire que j'espérais à la fois amical et professionnel.

*Ils veulent que ce soit toi*, me rappelait ma mère avant chaque audition, quand j'étais à l'école. *Ne l'oublie pas, m'hijo. Ils attendent, ils espèrent que ce sera toi qui régleras leur problème, qui représenteras exactement ce qu'ils cherchent. Chante comme si tu savais qu'ils te veulent toi.*

— Jorge Lopez, ai-je annoncé en déposant mes portraits et CV sur leur table.

J'avais l'air un peu trop sérieux sur cette photo. J'étais de mauvaise humeur le jour de la séance. Tant pis. Il était trop tard.

— Jorge ! a lancé Ethan Fox. Tu es un élève de Jason.

*Ethan Fox connaissait mon nom.*

J'ai continué à sourire pour empêcher ma mâchoire de se décrocher.

— D'après Jason, ce garçon est un excellent danseur, a expliqué Ethan à ses collègues.

— Dans ce cas, espérons qu'il chante aussi bien qu'il danse, a remarqué la femme en jetant un œil à mon CV.

Moi, j'espérais que mon manque d'expérience professionnelle ne me disqualifierait pas.

— Jorge, qu'est-ce que tu nous présentes aujourd'hui ?

— *All I Need Is the Girl*, de *Gypsy*, ai-je répondu.

Contrairement à ce que racontaient les paroles, je n'aurais jamais besoin d'une fille, mais cette chanson était pile dans mon registre.

J'ai tendu la partition au pianiste, qui l'a étalée devant lui. J'avais emporté la chanson entière, même si je ne devais chanter que seize mesures. Une douce illusion, peut-être ?

— Quel tempo ? m'a demandé le pianiste.

J'ai fredonné la première mesure en tapant du pied. Il a hoché la tête.

— Quand tu veux, Jorge, a dit Ethan.

*Respire. N'oublie pas de respirer. C'est important. Comme si tu étais seul dans cette pièce, avec le piano.*

Seul avec quatre personnes qui me jugeraient et dont mon destin dépendait. Pas de pression.

Le pianiste a commencé, avec un tempo plus rapide que prévu, mais c'était sûrement ma faute. J'avais dû taper trop vite à cause du stress.

L'introduction est passée. J'ai inspiré profondément, et j'ai chanté.

J'ai *bien* chanté. Tout était fluide. Ma voix remplissait la boîte noire. J'ai scruté leurs visages, à la recherche d'un signe qui prouverait que j'étais aussi bon que je le pensais, mais j'étais face à un mur. Quelques secondes plus tard, c'était terminé.

Seize mesures, pour rien. J'avais attendu des heures pour chanter moins d'une minute et espérer que je les avais suffisamment impressionnés pour leur donner envie de me revoir. Et j'étais loin d'être le seul. Quel monde étrange. Il fallait **être** fou pour vouloir à tout prix en faire partie.

— Super, merci, a dit Ethan, sans sourire mais sans froncer les sourcils non plus. On aimerait te voir à l'audition de danse. Est-ce tu serais disponible demain à 18 heures ?

— Bien sûr, ai-je répondu.

J'étais disponible à 18 heures, à 6 heures, à 4 heures du matin s'il le fallait ! N'importe quand ! Ethan Fox voulait **me** voir danser ! S'il me le demandait, je danserais sur les **rails** du métro ! Sur le trottoir, le jour des poubelles ! Je danserais même dans *Long Island* !

J'avais peut-être ma chance.

Non. *J'avais* ma chance.

J'ai récupéré ma partition et j'ai remercié tout le monde, le cœur battant. Tout ce qui me restait à faire, c'était danser. Et personne ne dansait comme moi.

# CHAPITRE ONZE
# Pepper

## Transcription du podcast « Let's Give 'Em Something to Pod About », épisode 85

**CHLOÉ :** Bienvenue à *Let's Give 'Em Something to Pod About*, le podcast qui vous apprend tout sur tout le monde, dans la ville qui ne dort jamais. Je suis Chloé Van Sant, et aujourd'hui j'accueille une invitée *incroyable*. Mais d'abord, un message de notre sponsor.

Avec le code PodAbout, obtenez votre première box Wow Well Whee ! pour seulement 29,99 dollars. Chaque mois, Wow Well Whee ! vous envoie une boîte remplie des meilleurs produits de beauté et bien-être du moment. Chaque box contient des produits de luxe d'une valeur totale de 200 dollars, pour seulement 39,99 dollars. Sauf pour vous, chères Podlettes, qui recevrez votre première box pour seulement 29,99 dollars ! Ce mois-ci, j'adore mes chaussettes en cachemire, mon brumisateur à l'extrait d'argousier, et la merveilleuse bougie parfumée à la feuille de tomate qui vous transportera dans les champs de Toscane ou dans le jardin de votre grand-mère. Goûtez au luxe de *Pod About* avec Wow Well Whee !

Revenons à notre interview du jour. Je suis absolument *ravie* d'accueillir notre invitée pour la première fois dans ce podcast. Vous la connaissez, vous l'adorez, vous ne pouvez pas vous en passer. J'ai nommé l'unique, l'inimitable Pepper Smith !

**PEPPER :** Merci, Chloé. Merci de m'avoir invitée.

**CHLOÉ :** Oh ! Quel accent craquant.

**PEPPER :** C'est *vous* qui avez un accent craquant.

**CHLOÉ :** Mes Podlettes, cette femme est irrésistible ! Pepper, quelle chance de vous revoir à New York.

**PEPPER :** J'adore New York. Son énergie, ses habitants… Ici, il se passe toujours quelque chose.

**CHLOÉ :** Est-ce que c'est une pique à l'attention de nos voisins d'outre-Atlantique ?

**PEPPER :** Pas du tout, Chloé. Londres est juste une ville différente. C'est comme comparer une tarte aux pommes au chocolat à l'orange.

**CHLOÉ :** Adorable ! Votre départ aurait-il donc *vraiment* un rapport avec une certaine histoire d'amour royale ?

**PEPPER :** Ah ! Chloé, il ne faut pas croire tout ce que racontent les journaux à scandale. Et puis, je n'ai jamais été du genre à m'attarder sur le passé. Je suis bien plus intéressée par l'avenir.

**CHLOÉ :** Je comprends, et je pense que nous sommes *toutes* très intéressées par le vôtre. Quels sont vos projets maintenant que vous êtes de retour à New York ?

**PEPPER :** L'automne new-yorkais est magique, n'est-ce pas ? Je suis ravie d'être là pour la Fashion Week, un de mes moments préférés de l'année.

**CHLOÉ :** Voilà qui ne me surprend pas. Mes chères Podlettes, si seulement vous pouviez voir la combinaison que porte Pepper aujourd'hui ! Pantalon évasé, décolleté en V, aussi jaune que le soleil… Elle est sublime ! Je posterai une photo sur Instagram. N'hésitez pas à nous suivre sur @Pod-About. Dites-nous tout, Pepper. Quels défilés avez-vous hâte de découvrir ?

**PEPPER :** J'ai surtout hâte de voir ceux qui ne font pas partie du programme officiel de la Fashion Week.

**CHLOÉ :** Bien sûr ! Pepper Smith est la reine de l'avant-garde !

**PEPPER :** Cette année, Rex London organise…

**CHLOÉ :** Rex London ! Mon Dieu… Je l'*adore* ! Je suis fan de son émission.

**PEPPER :** Oui, Rex est un homme formidable, et un ami très cher. Je suis extrêmement fière d'annoncer que…

**CHLOÉ :** Est-ce que c'est un scoop exclusif pour le podcast ?

**PEPPER :** Heu… Je ne sais pas, je ne suis pas son attachée de presse. Mais, cette année, Rex London organise un défilé chez Lacy's…

**CHLOÉ :** Un défilé de mode ? Dans un magasin ? Cet homme ne cessera jamais de nous surprendre !

**PEPPER :** Oui, un défilé de mode qui mettra en avant de jeunes stylistes qui n'ont encore jamais eu l'occasion de présenter leurs créations. Il est de plus en plus compliqué de trouver des tenues originales chez les créateurs établis. Ces derniers temps, mes tenues préférées viennent toutes de petits créateurs dont personne n'a entendu parler.

**CHLOÉ :** Comme cette combinaison ? On veut tout savoir !

**PEPPER :** Non, c'est un cadeau de mon amie Clare. Parfois, une maison de couture aussi réputée que Givenchy est encore capable de nous surprendre.

**CHLOÉ :** Pepper, vous avez tellement bon goût. Sérieusement, je suis *obsédée* par votre compte Instagram ! Avez-vous déjà envisagé de créer votre propre collection ?

**PEPPER :** Pas du tout ! Je préfère soutenir les vrais artistes. C'est peut-être pour cette raison que je suis revenue à New York, pour fonder un espace où les artistes seront libres de créer.

**CHLOÉ :** Vous l'aurez entendu ici en premier, chères auditrices ! Pepper Smith, bienfaitrice des arts, est de retour pour aider les artistes new-yorkais ! Nous avons d'autres questions à poser à Pepper, notamment sur sa vie amoureuse, mais avant, un message de notre sponsor, Wow Well Whee ! Vous ai-je déjà parlé de leur bougie à la feuille de tomate ? Elle a changé ma vie !

# CHAPITRE DOUZE
## Josie

— EST-CE QUE TU INVITES toujours les filles aux relais routiers ? ai-je demandé à Boone.

— Seulement les meilleures, a-t-il plaisanté en me faisant un clin d'œil.

J'ai ouvert le menu plastifié, qui était aussi collant que le sol du restaurant. Quand j'ai soulevé mes talons, j'ai senti l'effet de succion contre les carreaux noir et blanc. Une serveuse fatiguée a frôlé notre table, une cafetière dans chaque main, avec des crayons dans les cheveux. Pendant un instant, entre le tintement des couverts et l'odeur du café, je me serais crue chez Pop.

Riverdale ne me manquait pas, mais je n'arrêtais pas de penser au diner et à mes amis. Assise en face de Boone, j'ai pris conscience que je ne me rappelais pas la dernière fois où j'avais discuté avec quelqu'un d'autre que mon père et Pauly, ou d'autre chose que de la logistique de la tournée et du placement d'un micro avec un régisseur.

C'était peut-être pour cette raison que j'avais laissé un cow-boy sexiste m'inviter dans un restaurant routier. J'avais besoin de parler. J'ai baissé mon menu et observé Boone, qui étudiait le sien d'un air particulièrement concentré, visiblement fasciné par le choix de galettes de pommes de terre et de hamburgers. Il se mordait la lèvre inférieure tout en feuilletant les pages.

— Est-ce que tu es *vraiment* de Nashville, ou est-ce que tu es de Nashville comme Taylor Swift l'était avant de devenir une star de la pop ? ai-je demandé.

Il a souri, amusé par ma critique de Taylor Swift.

— Né et élevé dans l'État des volontaires, a-t-il répondu. Est-ce que tu as déjà entendu parler du Heartless Café ?

— Non.

— Aïe, a-t-il grogné en plaçant une main sur son cœur, comme si je l'avais poignardé avec mon couteau à beurre sale.

— Désolée, ai-je dit en haussant les épaules. C'est un restaurant ? Une salle de concert ? La musique country, ce n'est pas vraiment mon truc.

— C'est bien plus important que la country, Josie, a-t-il murmuré d'un air conspirateur. Je parle de *biscuits*.

J'ai éclaté de rire.

— Personne ne pense que les biscuits sont « importants ».

— C'est parce que tu ne viens pas du Tennessee, a-t-il remarqué en me pointant du doigt. Là-bas, on exile tous les gens qui détestent les biscuits.

— Je ne les *déteste* pas ! Je pense juste qu'un biscuit est moins important que la musique.

— Je comprends. Je suis sûr que tous ceux qui t'ont entendue chanter pensent la même chose.

Je me suis sentie rougir face à l'intensité de son regard. Il me dévisageait comme s'il me *connaissait*. Pourtant, on était assis à cette table depuis si peu de temps qu'on ne nous avait même pas encore servi d'eau.

— Parle-moi du Heartless Café, ai-je repris, troublée.

— C'est un restaurant, a-t-il expliqué en s'adossant à sa banquette. Mon arrière-grand-mère l'a ouvert dans les années 1930. Il est situé à la sortie de l'autoroute à Nashville, juste avant l'entrée dans le centre-ville. On y sert du poulet frit, quinze tartes différentes et les meilleurs biscuits au monde. Tous les vendredis et samedis soir, il y a un concert de country. Les plus grands musiciens ont joué là-bas. Johnny Cash. Dolly Parton. Loretta Lynn. Cet été, on a accueilli Luke Bryan et Kacey Musgraves.

— Laisse-moi deviner : le petit Boone Wyant a commencé à chanter alors qu'il arrivait à peine aux genoux de son arrière-grand-mère ?

— Exactement.

Ce garçon avait vraiment un sourire ravageur. J'essayais d'ignorer l'effet qu'il me faisait, mais c'était plus fort que moi.

— Après sa mort, ma grand-mère a repris le restaurant. Quand elle est partie à la retraite il y a deux ans, mes parents ont repris le flambeau. J'ai passé ma vie là-bas. J'y faisais mes devoirs avec un panier de biscuits devant moi. J'y ai appris à jouer de la guitare. J'y chantais en première partie des stars.

— Et maintenant, tu veux en devenir une à ton tour, ai-je deviné.

— Si on veut. J'adore le jazz, mais j'écris et je compose surtout des chansons de country. J'aimerais devenir le prochain Sam Hunt. Pour l'instant, j'en suis loin. Le Stranahan est le plus grand lieu de ma tournée. J'ai même eu du mal à trouver des dates. Trop de soirées vides à mon goût.

Il a secoué la tête, frustré, sans pour autant perdre son charmant sourire.

— Et toi, Josie McCoy ? Vas-tu chanter du jazz et faire le tour du monde avec ton père toute ta vie ?

— J'espère que non, ai-je avoué.

Je prenais plus de plaisir sur cette tournée que je ne l'aurais imaginé, mais ce n'était pas pour moi. Je ne voulais pas être choriste pour le restant de mes jours.

— Je rêve d'une carrière solo, lui ai-je confié. J'aimerais être la prochaine Diana Ross.

— Je n'en doute pas. Vous êtes sur la route depuis longtemps ? Est-ce que ça te plaît ?

— Plus ou moins, ai-je répondu en prenant garde aux mots que j'emploierais. Tu es la première personne à qui je parle vraiment depuis notre départ. Ma ville ne me manque pas. C'est un endroit… compliqué. Ce qui me manque, c'est…

— De trouver ta place, a deviné Boone. De te sentir chez toi quelque part.

J'ai hoché la tête. C'était exactement ce que je ressentais.

— C'est difficile d'être sur la route, a-t-il continué. On se sent détaché de tout. Mais il y a aussi des avantages. Un sentiment de liberté.

— C'est vrai, ai-je soupiré.

J'ai regardé autour de nous. Est-ce que la serveuse nous avait oubliés ?

— Je me vois bien m'installer quelque part, ai-je repris, mais il faudrait que ce soit une ville unique. Un endroit où je pourrais devenir une star.

— Nashville, a affirmé Boone. Il faut que tu viennes à Nashville ! C'est la meilleure ville au monde pour lancer une carrière. De nombreuses légendes de la musique ont fait leurs débuts là-bas.

— Combien de chanteuses noires ont commencé à Nashville ? ai-je demandé d'un air sceptique.

Avant qu'il ait le temps d'admettre que la musique country était plus blanche que le pôle Nord, mon portable a sonné. J'ai jeté un œil à l'écran. C'était mon père.

Mon ventre s'est noué. J'ai décroché en soupirant.

— Salut, papa.

— Josie. Où es-tu passée ?

Il avait l'air *furieux*.

Il était temps de faire face aux conséquences de mes actes.

# CHAPITRE TREIZE
## Katy

J'AI RECULÉ D'UN PAS ET j'ai examiné ma création sur le mannequin. C'était une combinaison sans manches, à encolure haute, avec une taille cintrée et un jabot du côté droit, le tout en crêpe rose fuchsia. J'avais abandonné l'idée de la robe que j'avais montrée à Jorge et j'avais commencé à travailler sur ce modèle. Après quasiment vingt-quatre heures de travail, je l'avais techniquement terminé, mais quelque chose ne me convenait toujours pas.

Qu'est-ce qui clochait ? Ma mère aurait eu la réponse. J'ai fermé les yeux et je l'ai imaginée à mes côtés, en train d'examiner ma combinaison d'un regard froid, une main sur le pique-aiguilles à son poignet. Un pli et une retouche plus tard, elle l'aurait rendue parfaite. Pourquoi en étais-je incapable ?

*Le jabot posait-il problème ?* Peut-être. J'ai fouillé dans mon kit de couture, à la recherche de mon scarificateur, et je l'ai enlevé en prenant soin de ne pas abîmer le corsage, tout en essayant de ne pas regretter les heures que j'avais passées à plisser ce tissu glissant.

Sans le jabot, ma combinaison était... ennuyeuse. Banale. Tout ce que je ne voulais pas. Il fallait que je recommence à zéro. Tous mes efforts des deux derniers jours n'avaient servi à rien.

L'essayage avait lieu dans moins d'une semaine.

Mon portable a sonné. Distraite, je l'ai attrapé pour le mettre sur silencieux, mais c'était une notification. Le match de boxe de KO commençait dans une heure. *Dans une heure ?* J'avais à peine le temps de me rendre dans le Queens, et je ne pouvais pas sortir de chez moi dans ma robe de chambre rose à cœurs !

Et mon tee-shirt ! Il fallait que je trouve mon tee-shirt porte-bonheur ! La première fois que j'avais assisté à un match de boxe de KO, je m'étais cousu un tee-shirt blanc qui disait « I <3 KO ». Ce jour-là, KO avait gagné, et mon tee-shirt était devenu notre porte-bonheur. KO n'était pas aussi superstitieux que certains boxeurs que j'avais rencontrés, mais il avait ses petits rituels. Les jours de match, il mangeait des Lucky Charms au petit déjeuner, il portait des chaussettes de sport à bouts rouges, et je devais m'asseoir au milieu du premier rang, avec mon tee-shirt. Il avait un peu rétréci après deux ans de lavage, mais il s'accordait parfaitement avec mon pantalon rouge taille haute.

D'ailleurs, il fallait que je mette la main sur mon pantalon !

J'ai fini par le trouver sur le dossier d'une chaise. Mon tee-shirt était au fond d'un panier de linge propre que j'avais mis de côté et jamais plié. J'ai battu mon propre record de rapidité en les enfilant, puis j'ai jeté une poignée d'accessoires, du maquillage et ma brosse à cheveux dans mon tote bag « Sew Much Fabric Sew Little Time ». Ce n'était pas la première fois que je finirais de me préparer dans le métro, et ce ne serait pas la dernière.

Après quelques secondes d'hésitation, j'ai attrapé mon carnet de croquis. L'inspiration me viendrait peut-être au moment où je l'attendais le moins.

Quelqu'un devait veiller sur moi, car je suis arrivée à la salle de boxe avant que le match ait commencé. Il faisait déjà chaud à l'intérieur. Les sièges autour du ring étaient quasiment tous occupés, et la salle sentait la transpiration. J'ai ouvert l'appareil photo de mon portable en mode selfie pour vérifier si l'heure de pointe de la ligne N avait eu raison de ma coiffure. Mes cheveux étaient miraculeusement indemnes, attachés avec le foulard que Jorge m'avait offert à mon anniversaire l'année précédente. Il m'avait expliqué qu'il l'avait trouvé à Larry's Vintage dans le Village et que c'était sûrement une imitation, pas un vrai Hermès, mais je m'en fichais. Le plan de The Battery était imprimé sur le foulard rouge et bleu. Je l'adorais. Avec les créoles en or de ma mère aux oreilles, on ne voyait pas que je venais de passer une heure écrasée contre l'aisselle d'un inconnu dans le métro.

J'ai balayé la salle du regard, à la recherche de KO. Le short en soie bleue d'un autre boxeur a attiré mon attention. Maintenant que j'y pensais, les shorts de boxe avaient une silhouette intéressante. J'ai sorti mon carnet de mon tote bag. Parfois, l'inspiration frappait dans des endroits improbables ! J'ai dessiné une jupe-culotte froncée à la taille. Et si elle faisait partie d'un ensemble deux pièces ? Avec un haut court, aux épaules dénudées ? Ou une forme un peu plus structurée ? Inspirée de lignes un peu plus sportives ? *Non.* J'ai effacé les épaules. Ce n'était pas encore ce que je cherchais.

Décidément, rien ne me convenait.

— Katy !

J'ai levé la tête. KO était près du ring, au milieu d'un groupe, plus grand que tous ceux qui l'entouraient. Il s'est dirigé vers moi. Ses larges épaules l'aidaient à se frayer un chemin sans le moindre effort. Il portait son short en soie rouge et un sweat-shirt.

— Merci d'être là, a-t-il dit en me serrant dans ses bras.

Je sentais presque l'adrénaline de l'avant-match émaner de son corps. KO n'était jamais stressé, mais son énergie était électrique avant qu'il monte sur le ring.

— Ta présence est vraiment importante pour moi, Katy, mais tu n'étais pas obligée de venir. Je sais que tu es très occupée avec le défilé qui approche...

— Je n'ai jamais raté un seul de tes matchs, lui ai-je rappelé. Je n'ai pas l'intention que ça change.

Et puis, cela me changeait les idées. J'avais besoin de penser à autre chose qu'à Rex London. Je ne voulais pas déconcentrer KO en lui parlant de mes mésaventures juste avant un match, mais la panique commençait à monter. Je ne m'étais jamais sentie à ce point dépourvue d'inspiration.

— Dans ce cas, je suis ravi que ma reine de la mode ait quitté son royaume de la couture pour assister à mon match, a-t-il ajouté en déposant un baiser sur mon front.

J'adorais quand il m'embrassait sur le front.

— Oui, c'est moi, la *reine* de la mode ! ai-je plaisanté en essayant de projeter une assurance que je ne ressentais pas. La reine de la mode et le champion de boxe : le couple le plus sexy de New York !

— Espérons-le, a dit KO.

Il a embrassé ses poings et a tapoté l'épaule de mon tee-shirt trois fois, un autre rituel porte-bonheur.

— J'ai un bon pressentiment pour ce soir, a-t-il avoué. J'étais censé me battre contre un mec de Riverdale…

— Riverdale ? La ville où habite Veronica ?

Quelle coïncidence étrange.

— Sûrement, a répondu KO en haussant les épaules. Il s'est retiré du match à la dernière minute. Il avait une excuse invraisemblable. Je ne sais pas pourquoi ta copine reste là-bas. Il a l'air de se passer des choses étranges à Riverdale. Bref, Ronkowski le remplace. Il remporte beaucoup de matchs ces derniers temps, mais mon coach m'assure que je n'ai jamais été aussi en forme…

Tout à coup, deux bras féminins se sont glissés autour du torse de KO.

J'ai reculé d'un pas, surprise.

— Prêt, champion ? a demandé une adorable blonde en passant la tête sous son bras.

— Jinx ! s'est réjoui KO.

Il a fait mine de la prendre en cravate, mais avec tendresse et humour.

— Jinx ? ai-je demandé.

Jinx était *la* nouvelle boxeuse préférée de KO à la salle ?

Il l'a relâchée et elle s'est plantée à côté de lui, un bras autour de sa taille. Elle était petite, comme moi, et passait pile sous le bras de KO. Ses cheveux blonds étaient divisés en deux tresses serrées. Elle portait une brassière de sport et un jogging taille basse qui dévoilait son ventre bronzé. J'ai essayé de compter ses tablettes de chocolat, mais j'ai abandonné, découragée.

Jinx n'était pas la personne à laquelle je m'attendais.

Et pourquoi se collait-elle à KO ? Pourquoi avait-elle toujours son bras autour de lui ? Je savais que la boxe était un sport physique, mais je pensais qu'on était censés se taper dessus. Pas se serrer l'un contre l'autre. Pas paraître aussi à l'aise blottie sous le bras du petit ami de quelqu'un d'autre. N'importe qui aurait cru qu'ils formaient un couple ! On aurait dit deux amoureux qui posaient pour un portrait !

Comme KO et moi, deux mois plus tôt, le soir du bal de promo.

— Katy, je te présente Julie « Jinx » Holliday, poids mouche invaincu et terreur du Queens, a annoncé KO.

— Katy ? a demandé Jinx en me serrant dans ses bras musclés. KO avait raison ! Tu es sublime. J'adore tes boucles d'oreilles ! J'aimerais porter des créoles sur le ring, mais c'est trop dangereux.

— Un excellent moyen de perdre un lobe, ai-je bredouillé en lui tapotant le dos avec maladresse.

J'avais honte d'avoir pensé que Jinx était un homme. Ce n'était pas grave – KO avait le droit d'avoir des amies femmes – mais je ne m'attendais pas à ce que la personne avec qui KO passait la majeure partie de son temps soit… une femme. Une aussi jolie femme.

Qui touchait KO comme s'ils se connaissaient depuis toujours.

— Ce mec est incroyable, pas vrai ? a dit Jinx.

Elle a à nouveau jeté ses bras autour de KO. Je mourais d'envie de la repousser et de prendre sa place. Qu'est-ce qui m'arrivait ? On aurait dit une chatte de ruelle qui marquait son territoire. *Ressaisis-toi, Keene.*

— C'est le meilleur, sur le ring et en dehors, a-t-elle ajouté.

*En dehors ?* Combien de temps passaient-ils ensemble hors du ring ? J'ai essayé de me rappeler combien de fois KO m'avait dit qu'il mangeait avec Jinx après l'entraînement, mais à l'époque je croyais encore que c'était un homme. Je n'y avais pas prêté particulièrement attention.

— Ronkowski ne va pas comprendre ce qui lui arrive ce soir ! a insisté Jinx. Est-ce que tu as vu son bandage à la main droite ? Il paraît qu'il a un mauvais crochet. Depuis toujours. Quelqu'un m'a confié qu'il ne protégeait pas son côté droit depuis quelques temps.

— Un mauvais crochet ? a demandé KO. Pourquoi ?

— Il pivote sur son pied arrière, a expliqué Jinx, ce qui réduit l'impact de ses frappes.

— Mmh, oui, ai-je tenté. Totalement réducteur.

Pourquoi m'immisçais-je dans leur conversation ? Je ne comprenais rien à la boxe. Je ne manquais pas un match de KO, mais je m'y connaissais en boxe comme il s'y connaissait en mode. Jusque-là, je n'avais pas perçu ce détail comme un problème, mais maintenant que j'entendais Jinx discuter avec lui de ce qu'il aimait le plus au monde, j'étais jalouse de ne pas partager sa passion avec lui. Ils semblaient proches comme KO et moi ne l'avions jamais été.

— Complètement ! a dit Jinx, qui ne savait pas que je n'avais aucune idée de ce que racontais. Et il signale toujours ses intentions. Il essaie de frapper trop fort, sûrement pour compenser son tour de pied.

— Sûrement, ai-je marmonné.

*Tais-toi, Katy.* Pourquoi persistais-je à me mêler de ce que je ne comprenais pas ?

— Il faut que je me méfie de ses mouvements de recul, a déduit KO.

— Oui, a confirmé Jinx. Tu vas le mettre KO en quelques minutes. Tu ne portes pas ton surnom pour rien. Pas vrai, Katy ?

Jinx m'a souri tout en collant sa tête au torse de KO, à nouveau blottie sous son bras.

— Absolument ! ai-je répondu en riant beaucoup trop fort.

Jinx a ri à son tour. KO, lui, semblait presque confus.

— Je vais finir de m'échauffer, a-t-il décidé. Katy, je t'ai réservé une place au premier rang, à côté de ma mère. Tu ne peux pas la rater. Elle porte un sweat-shirt à mon effigie.

Il a levé les yeux au ciel, mais je savais que le soutien de sa mère lui tenait à cœur, sweat-shirt embarrassant ou pas.

— Je serai assise de l'autre côté ! s'est réjouie Jinx. Je vais chercher ma veste et je te rejoins.

— Est-ce que tu peux d'abord m'aider à étirer mes trapèzes ? lui a demandé KO.

— Bien sûr ! a répondu Jinx. Tu as encore mal ?

Elle s'est plantée derrière lui, elle a placé ses petites mains sur ses épaules et s'est mise à les masser. KO a fermé les yeux, baissé la tête, et s'est mis à grogner de plaisir.

— Oh ! Oui, Jinx… C'est parfait.

— Super ! ai-je lancé avec un sourire figé. Je vous laisse… détendre ces trapèzes ! Je… Heu… Je vais m'asseoir…

Je les ai contournés, mais ils ont à peine remarqué que j'étais partie.

Le massage était normal en boxe. Étirer ses trapèzes, c'était sûrement important. Et puis, je ne savais pas masser un trapèze. Je n'étais même pas sûre de savoir ce que c'était ! Mais le simple fait de voir Jinx toucher KO avait éveillé la femme jalouse qui sommeillait en moi. Je ne me reconnaissais pas.

La part de pizza que j'avais mangée en courant jusqu'au métro a tourné dans mon ventre. Je me suis frayé un chemin parmi la foule jusqu'à mon siège, à côté de Mme Kelly.

— Katy ! a-t-elle crié.

Elle m'a serrée dans ses bras, écrasant mon visage contre celui de KO, imprimé sur son sweat-shirt.

— Est-ce que KO est en forme ? a-t-elle demandé.

— Oui, ai-je répondu. Très en forme.

J'ai reconnu le rire de KO par-dessus le vacarme des spectateurs. Je l'ai cherché du regard. Il était à côté du ring. Jinx était en train de bander ses mains. Ils riaient ensemble. KO semblait plus détendu et confiant que d'habitude avant un match, et il la regardait comme...

Comme il me regardait moi.

# CHAPITRE QUATORZE
# Jorge

LE LENDEMAIN DE L'AUDITION DE DANSE, j'ai fait l'inventaire dans la réserve de l'épicerie avec la bande-son de *Hello Dolly !* dans les oreilles. J'avais écouté *Put on Your Sunday Clothes* au moins cinquante fois depuis le casting, mais je n'arrivais pas à m'en passer. Contrairement à ce que disait la chanson, je n'avais pas d'ombrelle, mais pour l'instant tout allait bien.

Quelqu'un m'a tapoté l'épaule. J'ai sursauté, prêt à affronter mon assaillant.

Ce n'était que ma mère.

— Maman ! ai-je crié. Je t'ai déjà dit de me prévenir quand tu entres !

Elle a grimacé. J'ai enlevé mes écouteurs et je me suis adossé contre les cartons de serviettes en papier. La réserve était minuscule. Il y avait à peine la place pour accueillir deux personnes.

— Désolée, m'hijo, s'est-elle excusée. Alors ? Comment s'est passé ce casting ?

— Est-ce que tu parles du casting dont l'annonce était glissée dans *People* ? ai-je demandé d'un ton accusateur.

Elle a levé les yeux au ciel.

— Je t'ai vu sortir avec ton short porte-bonheur hier soir. J'en ai déduit que tu avais été sélectionné pour l'audition de danse.

— Est-ce que tu as conscience de l'absurdité de la situation ? ai-je lancé en mettant mes mains sur mes hanches. Tu te prends pour Nancy Drew en glissant des annonces en cachette. Tu me suis dans la réserve en plein inventaire pour me demander comment mon casting s'est passé. Est-ce que ce sont des tactiques pour éviter d'en parler devant papa ?

— Ton père a toujours un peu de mal à accepter ton... mode de vie.

— Il a eu des années pour s'y habituer, ai-je grogné. Et je déteste cette expression. Comme si être gay, c'était l'équivalent d'être passionné par les chats ou par le macramé. Comme si c'était un choix.

— Je suis désolée, a regretté ma mère. J'apprends, d'accord ? Mais parle-moi de ce casting. Tu sais, quand j'étais une Rockette, on devait passer l'audition chaque année, même si on avait déjà fait partie du spectacle.

— Oui, maman, je sais.

Ma mère et moi avions toujours été liés par notre amour de la danse. Elle m'avait appris ma première pirouette fouettée. Alors que je savais à peine marcher, j'avais la plus belle première position de tous les enfants.

— Alors ? a-t-elle insisté. Est-ce que mon fils a cassé la baraque ?

— Qu'est-ce que tu crois ? *Bien sûr* qu'il a cassé la baraque !

Même si notre relation était encore compliquée, je ne pouvais pas m'empêcher de lui faire part de ma fierté. Ma mère aurait adoré assister à mon casting. Quand j'étais au lycée, elle criait plus fort que tous les parents réunis à la fin des spectacles dans lesquels je jouais.

Et puis, je réussissais *toujours* mes auditions de danse. Ce casting n'avait pas fait exception à la règle. Il avait eu lieu dans une autre salle, avec le même pianiste chauve derrière un piano. Il y avait une trentaine de personnes sur scène. Pendant ce temps, les autres attendaient leur tour dans le couloir ou traînaient après leur passage avec le groupe précédent. J'avais accroché mon numéro avec des épingles à nourrice et enroulé mon short vert pour le raccourcir davantage.

Quand on a des jambes comme les miennes, on ne les cache pas sous un legging.

J'avais choisi une place au centre, au premier rang. Après tout, on ne donnait pas de trophées aux plus timides. Si Ethan Fox voulait me voir, il me *verrait*. Dès l'instant où le chorégraphe nous avait montré les pas, j'avais su que cette audition était pour moi. Dieu ne m'a pas seulement donné de jolies fesses et un visage sublime, il m'a aussi offert une excellente mémoire.

Lever de bras, pli des genoux, ouverture et fermeture des jambes, kick, kick, pointé, on enfile le faux chapeau melon, pirouette, roulement de torse, fan kick, pose. Si la réserve avait été plus grande, j'aurais pu faire la démonstration à ma mère.

J'étais resté au premier rang pendant chaque passage, même quand ils avaient commencé à renvoyer certains danseurs. À la fin de la soirée, ils avaient seulement invité quatre personnes de mon groupe à revenir le lundi suivant, où on lirait enfin des répliques du spectacle. Ce n'était pas encore gagné, mais j'étais déjà passé devant des centaines de personnes. C'était encore possible.

*Moi*, sur Broadway.

Appelez-moi l'Homme de la Mancha, car ce rêve n'était pas impossible.

Ma mère m'a enlacé. Cela faisait longtemps que je n'avais pas été suffisamment proche d'elle pour sentir son parfum, et la légère odeur de friture qui ne la quittait pas après les heures passées près du grill de l'épicerie. J'ai commencé à reculer, mais elle m'a serré encore plus fort.

Trop fort.

Je n'étais pas prêt à vivre notre grande réconciliation dans une pièce de la taille d'un placard remplie de fournitures et de nourriture non périssable.

Je savais qu'il fallait que je pardonne mes parents. Pas parce qu'ils le méritaient, mais pour ma propre santé mentale. Je ne pouvais pas continuer à porter ce fardeau, mais le pardon était plus simple à gérer en théorie qu'en pratique.

Quand mes parents m'avaient mis à la porte, le choc avait été tellement brutal que je n'avais même pas réussi à l'intégrer. Au lieu de regarder mes émotions en face, je les avais ignorées. Je m'étais réfugié chez Katy, avec qui j'avais noyé mon chagrin en chantant des chansons de comédies musicales et en portant des sweat-shirts à paillettes. Tout ce que je voulais, c'était me sentir en sécurité. J'avais préféré ignorer la douleur.

Plus tard, quand mes parents étaient venus me chercher chez Katy et m'avaient demandé de rentrer à la maison, je m'étais senti à la fois en colère et reconnaissant, soulagé qu'ils veuillent à nouveau de moi – ou, du moins, qu'ils *essaient*.

Mais les efforts de mes parents avaient commencé et s'étaient arrêtés ce jour-là. Depuis, on cohabitait en tournant autour du pot et en évitant les sujets qui fâchaient. Mes parents ne s'étaient toujours pas excusés. J'avais enfoui ma douleur au plus profond de moi, jusqu'à ce que je ne la ressente quasiment plus, parce que je n'en avais pas le choix. C'était mon seul moyen de survivre. Désormais, j'en avais marre de prétendre qu'attendre ce « pardon » ne me tuait pas à petit feu.

— Tu me manques, a murmuré ma mère. Notre vie d'avant me manque.

— Tu me manques aussi, ai-je avoué. Mais être gay, c'est mon passé et mon présent. C'est qui je suis. Les choses ne redeviendront jamais comme avant. Il faut qu'on trouve un moyen d'avancer ensemble.

— C'est ce que je voudrais, a-t-elle soupiré.

Moi aussi mais, si mon père continuait à me traiter comme un fantôme et si ma mère refusait de me parler devant lui, c'était peine perdue.

— Je suis contente que tu aies réussi ton audition, a-t-elle ajouté.

— Moi aussi, ai-je dit en souriant.

Broadway était un sujet de conversation plus agréable. Ma carrière permettrait peut-être de rétablir notre relation.

— Je suis convoqué à une troisième audition lundi.

— Je ne suis pas surprise, m'hijo, a-t-elle dit en me pinçant une joue. Tu tiens ton talent de ta mère.

Elle avait raison. J'avais hérité de son sens du rythme, de son amour des projecteurs et des accessoires mais, si je ne pouvais pas partager avec elle *tout* ce qui formait mon identité, ces détails étaient-ils vraiment importants ?

— Salut, maman ! a lancé Joaquin, un de mes grands frères, en passant la tête dans la réserve. Salut, petit frère !

— Mon bébé ! s'est réjouie ma mère. Qu'est-ce que tu fais là ?

Depuis que mes frères avaient quitté le nid, ma mère sortait les confettis dès que l'un d'entre eux nous rendait visite.

— J'ai un cadeau pour toi, a répondu Joaquin. Le chef m'a offert une entrecôte.

— Tu te balades dans New York avec de la viande crue dans ton sac ? ai-je demandé.

— Je l'ai emballée ! s'est-il défendu en brandissant un sac plastique avec une entrecôte saignante à l'intérieur. Par contre, je n'ai toujours pas touché de viande en cuisine. J'en suis toujours à nettoyer les légumes. J'ai frotté tellement de betteraves que j'en ai les doigts rouges.

— Commis aujourd'hui, chef demain ! l'a rassuré ma mère en lui tapotant la joue. Regardez mes fils, un chef et une star de Broadway !

— Le chef doit t'apprécier s'il t'a offert une entrecôte, ai-je remarqué. Tout le monde sait que la viande est le signe de l'amour.

— Arrête !

Joaquin m'a poussé contre la montagne de serviettes en papier. C'était un geste amical mais, comme mes autres frères, il était plus fort que moi.

— Pas de bagarre dans ma réserve ! a prévenu ma mère. Et si on dînait tous ensemble ? Je pourrais appeler vos frères.

— Il n'y a pas assez de viande pour tout le monde, maman, lui ai-je rappelé.

— Je sais, mais ce serait l'occasion de passer un moment en famille, a-t-elle dit, pleine d'espoir.

*En famille.*

Ce soir-là, on s'en rapprocherait peut-être.

# CHAPITRE QUINZE
## Pepper

CERTAINS TROUVAIENT QU'IL FAISAIT TROP froid à New York à l'automne pour se baigner. Ces personnes n'étaient clairement pas membres de SoHo House.

J'ai retenu mon souffle et j'ai plongé la tête sous l'eau. Mes ongles couleur lavande scintillaient tandis que j'exécutais une brasse parfaite. Je remerciais la personne qui avait décidé de garder cette piscine chauffée sur le toit, ouverte toute l'année. C'était tout simplement divin. J'aurais pu accepter l'invitation de Leo, qui m'avait proposé de le rejoindre à Malibu, mais qu'aurais-je fait là-bas ? New York était inimitable. L'énergie de cette ville était addictive.

J'ai posé mes coudes sur le rebord de la piscine, et j'ai admiré les toits de la ville qui s'étendaient à perte de vue derrière les chaises longues rayées. Comment m'imposerais-je à New York ? J'aimais flotter dans une piscine, mais pas dans la vie. La plupart des gens qui s'installaient à New York espéraient que la ville les changerait.

Moi, j'étais venue à New York pour changer la ville.

J'aurais pu écrire pour le *New Yorker*, comme Jia, ou présenter un TED Talk, comme ma chère Brené. J'aurais même pu faire les deux, mais cela n'aurait pas été *suffisant*. Depuis mon interview pour cet affreux podcast, je n'arrêtais pas de m'imaginer avec ma propre plateforme. J'en avais marre de m'exprimer sur celles des autres. Si Chloé « achetez-cette-bougie-à-la-feuille-de-tomate » Van Sant était capable d'intéresser des gens, j'avais largement ma chance.

Présenter un podcast ne m'intéressait pas. N'importe quel idiot avec un iPhone pouvait créer un podcast. Aux yeux des gens, Pepper Smith était synonyme d'exclusivité. J'avais bien l'intention que cela continue.

— Votre spritzer pamplemousse matcha, mademoiselle Smith.

Le serveur l'a déposé au bord de la piscine. La jolie boisson rose pétillait dans le verre.

— Merci, Pablo, ai-je dit en souriant. Le pamplemousse est très hydratant, vous savez. Quand j'étais aux Hamptons l'été dernier, Gwyneth m'a expliqué qu'il était essentiel de s'hydrater quand on passe son temps submergé dans l'eau chlorée. Le chlore retire les huiles naturelles produites par la peau et le cuir chevelu. Pensez-y la prochaine fois que vous vous baignerez, Pablo.

— Promis, mademoiselle Smith.

Son sourire était vraiment craquant. Je l'ai admiré en aspirant une gorgée de ma boisson avec la paille en papier. S'impliquer dans une amourette avec un employé de SoHo House n'était pas une bonne idée, aussi tentante soit-elle. J'étais à New York pour me concentrer sur ma carrière, mais une petite dose de romantisme ne m'aurait pas fait de mal. Après tout, j'étais multitâche. Et si j'invitais ce beau blond à dîner avec moi ?

— Pablo ? ai-je lancé tandis qu'il me tournait le dos avec son plateau. Est-ce que vous pourriez me prendre en photo ?

— Bien sûr, mademoiselle Smith. Ce matin, j'ai pris… quelques photos de mademoiselle Cabot. Je pense que je maîtrise mieux les angles.

À en croire les rumeurs, Alexandra Cabot était bien du genre à être exigeante en matière d'angles. Je me suis jurée de ne pas embêter Pablo trop longtemps – si je voulais une photo professionnelle, il me suffisait d'appeler Mario – et j'ai montré du doigt mon portable, posé sur une chaise longue.

Pablo l'a attrapé pendant que je prenais la pose au bord de la piscine, mes lunettes de soleil œil de chat perchées sur mon nez. J'ai mis en avant le décolleté de mon maillot tandis qu'il me prenait en photo.

Pablo m'a tendu le portable. J'ai souri en examinant les photos.

Même sans filtre, elles étaient parfaites.

# CHAPITRE SEIZE
# Josie

— JE N'ARRIVE PAS À CROIRE que tu sois montée dans une voiture avec un inconnu ! m'a reproché mon père. En pleine nuit !

Il ne voulait même pas me regarder dans les yeux. Il était assis à sa place habituelle, côté passager, dans le minivan. Après la leçon de morale qu'il m'avait faite la veille, j'avais cru qu'il s'était épuisé tout seul, mais ce n'était pas du tout le cas.

Mon père m'avait attendu dans l'entrée de l'hôtel. À mon arrivée, la pauvre hôtesse d'accueil avait dû supporter une heure de sermon fait de « qu'est-ce qui t'a pris ? » et de « est-ce qu'il faut que je t'enferme à clé pour t'empêcher de sortir en cachette ? ».

Techniquement, je n'étais pas sortie en cachette. J'étais juste sortie.

Mon père n'avait pas apprécié cette distinction.

Pauly a monté le volume de la radio. Steely Dan a rempli le minivan. Il devait en avoir marre des remarques de mon père, qui tournaient en boucle depuis notre départ pour Cleveland.

*Moi aussi, Pauly. Moi aussi.*

— Ce n'était pas une voiture, ai-je répondu. C'était une camionnette.

— Ne fais pas la maline, Josie. Enfin, si, justement. Je te croyais *plus* maline que ça.

J'ai croisé les bras contre mon torse. J'avais l'impression d'avoir cinq ans.

— Tu m'as promis que tu étais capable de te débrouiller toute seule parce que tu as grandi à Riverdale, m'a-t-il rappelé. Tu sais comment font les gens pour éviter de mourir, qu'ils soient de Riverdale ou d'ailleurs ? Ils ne montent pas dans des camionnettes avec des inconnus, charmants ou pas !

— Il n'était pas charmant, ai-je marmonné.

Mensonge. Boone *était* charmant. Dangereusement charmant. Tellement charmant que j'en avais oublié le danger, aveuglée par mon manque de vie sociale et de crêpes au chocolat.

— Je ne comprends pas ce qui t'est passé par la tête, a grogné mon père.

Rien. C'était tout le problème.

Et puis, un sourire que je ne parvenais pas à oublier, même après des heures de réprimandes.

— Je ne sais pas, papa. On avait plein de points communs. Je t'ai dit qu'il jouait dans la même salle que nous !

— Ce n'est pas une raison suffisante, s'est agacé mon père.

— Et il est fan de toi, papa.

— Je m'en fiche ! J'ai sûrement plein de fans qui sont des criminels ! Enfin, pas *plein*, mais certains. On peut être un tueur en série et avoir de bons goûts musicaux.

— Pauly, est-ce qu'on peut s'arrêter à la prochaine aire de repos ? ai-je demandé. J'ai besoin d'une pause.

— Oui, Pauly, arrêtons-nous, s'est moqué mon père. Qui sait quel genre de décisions immatures Josie prendra sur une aire de repos au bord de l'autoroute ? Il y aura peut-être une camionnette dans laquelle elle pourra se glisser !

Heureusement, Pauly a mis le clignotant et tourné à la sortie suivante. J'avais vraiment besoin d'aller aux toilettes.

— Je suis désolée, papa, ai-je repris. Je n'aurais pas dû suivre un inconnu. À partir de maintenant, je me coucherai de bonne heure et je n'interagirai avec aucun humain, d'accord ?

— Tu as le droit d'interagir avec des humains entre 8 heures du matin et 22 heures, a répondu mon père. Avec les gens qui se trouvent dans ce van.

— J'apprécie ta générosité, papa. Merci.

— Je ne vois pas où est le problème, a-t-il dit tandis qu'on entrait dans le parking. Pauly est une personne qui aime la conversation.

— Que connais-tu du monde des abeilles, Josie ? a demandé Pauly en se gardant entre deux Prius.

— Pas grand-chose, ai-je avoué.

— Savais-tu qu'une abeille ne produit en moyenne qu'un douzième d'une cuillère à café de miel en une vie ?

— Non, je ne le savais pas, ai-je répondu en détachant ma ceinture et en sortant du minivan.

J'étais pressée d'échapper à la tentative de culpabilisation de mon père et de prendre l'air en cette journée grisonnante dans l'Ohio.

La vérité, c'était que mon père avait raison. J'avais eu tort de partir avec quelqu'un que je venais à peine de rencontrer. En temps normal, j'étais plus prudente. C'était d'ailleurs pour cette raison que j'avais seulement croisé la Cagoule Noire dans mes rêves. Contrairement au reste de la population de Riverdale, je ne cherchais pas les tueurs en série.

*Peu importe.* Je ne reverrais jamais Boone Wyant, et je n'avais aucun moyen de le contacter, même si j'en avais eu envie.

— J'ai plein d'autres anecdotes d'abeilles à te raconter ! a plaisanté Pauly.

— Super, ai-je marmonné.

Sans vouloir vexer les abeilles ni Pauly, discuter de miel avec un homme de l'âge de mon père qui portait une queue-de-cheval était une perspective plutôt déprimante.

Cinq minutes plus tard, tandis que je me lavais les mains dans les toilettes de l'aire de repos, j'ai inspecté mon reflet avec attention. J'avais l'air fatiguée. Mes cernes étaient de plus en plus prononcés. Mon père n'avait pas tort : ma soirée avait laissé des traces.

Malheureusement, je ne pouvais pas me cacher aux toilettes éternellement. Le plus vite on arriverait à Cleveland, le plus vite j'échapperais au Minivan de la Honte. Il était temps de reprendre la route et d'en finir avec cette histoire.

Mon père m'attendait à la sortie du bâtiment. Mon répit avait été de courte durée.

— Josie, je t'ai demandé de me suivre sur cette tournée parce que je pensais que tu étais assez mature, a-t-il commencé tandis qu'on traversait le parking. Pas seulement mature en tant qu'artiste – franchement, je suis impressionné par ce que tu donnes sur scène tous les soirs – mais aussi en tant que *personne.*

— Je sais, papa.

— Si tu persistes à me prouver que tu n'es pas aussi responsable que je le pensais, je n'aurai aucun scrupule à te renvoyer à Riverdale. *Aucun.*

Frissonnante, je me suis blottie dans ma veste en cuir.

— Je tourne en solo depuis des années, m'a-t-il rappelé. Je n'ai pas besoin de toi.

— J'ai compris, papa.

Je me suis arrêtée devant la portière, une main sur la poignée.

— Un autre faux pas, et je te renvoie de la tournée. Est-ce que c'est clair ?

— Comme de l'eau de roche, ai-je répondu en serrant les dents.

Retourner à Riverdale n'était pas une option. Si je quittais cette tournée, ce serait parce que je le voulais. Pas pour un garçon.

Boone Wyant serait mon dernier faux pas.

# CHAPITRE DIX-SEPT
## Katy

— BONJOUR, JE M'APPELLE KATY Keene, ai-je bredouillé, le portable calé entre mon oreille et mon épaule, tandis que je découpais le fil d'un ourlet. Je vous appelle à propos de votre annonce qui promet une « carrière passionnante dans la mode ».

J'épluchais les offres d'emploi pendant mes pauses, mais aucune n'avait un rapport avec la mode. Pourquoi personne n'avait-il besoin de moi pour plier des pulls quelque part ? J'étais à deux doigts d'entrer dans le J. Crew de SoHo avec mon fer à repasser et de les supplier de me prendre.

Quand j'étais tombée sur cette annonce promettant une « carrière passionnante dans la mode », j'avais aussitôt appelé le numéro indiqué, malgré le manque de description du poste.

— Parfait, a répondu mon interlocuteur. Est-ce que vous mesurez moins d'un mètre soixante-quinze ?

— Oui, ai-je répondu. Pourquoi ?

Ce n'était pas bon signe. La plupart des métiers n'exigeaient pas une taille particulière. Sauf peut-être testeur de montagnes russes, mais cela n'avait aucun rapport avec la mode.

— Il faut mesurer moins d'un mètre soixante-quinze pour passer dans le costume.

— Quel costume ? ai-je demandé, alarmée.

— Le costume d'Howie le Sandwich, a soupiré mon interlocuteur blasé. Quinze dollars de l'heure pour distribuer des prospectus pour Les Sandwiches d'Howie.

Je n'en croyais pas mes oreilles.

— Quel est le rapport avec une carrière dans la mode ? ai-je demandé.

— C'est un poste de mannequin, jeune fille, a-t-il ricané. Vous porterez la plus belle tenue de sandwich de la ville. Alors, intéressée ou pas ? On peut se retrouver demain après-midi à la Penn Station pour un entretien. Disons 15 heures ?

— Je vais réfléchir, ai-je marmonné.

— Ne réfléchissez pas trop longtemps. J'enchaîne les entretiens toute la journée.

Il m'a raccroché au nez. J'ai posé mon portable en soupirant. « Sandwich » était donc le seul métier pour lequel j'étais qualifié ? De toutes les entreprises que j'avais contactées, c'était la seule qui m'avait proposé un entretien. Je n'avais aucune expérience en service, et rien d'autre que les années passées à aider ma mère dans sa boutique, ce qui était dérisoire sur mon CV.

J'ai envoyé un message à Jorge.

*Comment font les gens pour décrocher un job dans cette ville ?* ai-je demandé.

*Népotisme*, a-t-il répondu. *Est-ce que tu veux que je demande à ma mère si elle a une place pour toi à l'épicerie ?*

*Non, merci*, ai-je tapé.

C'était gentil de sa part, mais sa relation avec ses parents était encore fragile. Je ne voulais pas qu'il leur demande un service pour moi.

*Concentre-toi sur ta robe !* m'a envoyé Jorge, avec une série d'émojis licornes.

Ma robe. Techniquement, elle était terminée. Elle était plus chic que ce que j'avais prévu. Je l'avais teinte à la main de différents tons de bleu, et j'avais créé des détails floraux le long du décolleté et de la ceinture. Elle était plutôt réussie, mais elle me semblait… familière, tout à coup.

Avais-je recréé la robe Marchesa que portait Constance Wu dans *Crazy Rich Asians* ?

*Mon Dieu.*

Une recherche sur Google a confirmé mes soupçons. Qu'est-ce qui m'arrivait ? J'avais passé la nuit à travailler dessus ! Mon subconscient m'avait sûrement poussée vers une tenue qu'il reconnaissait.

Il fallait que je recommence à zéro. Encore une fois. Le premier essayage avait lieu dans moins de deux jours. C'était un cauchemar. Voilà qui ne serait pas arrivé si ma mère avait été là. Elle aurait reconnu la robe sur mon croquis, on aurait ri de mon erreur, et je n'aurais pas perdu tout ce temps pour rien.

J'ai saisi l'ourlet de la robe et j'ai hurlé contre le tissu, évacuant ma frustration jusqu'à ce que Mme Rajput cogne contre le mur pour me faire taire.

J'avais besoin d'une pause. Il fallait que je sorte de cette pièce. J'ai envoyé un message à KO.

*Que dirais-tu d'une petite escapade aujourd'hui ? Toi + moi + cueillette de pommes ? J'apporte le cidre.*

Avant même que j'ai le temps d'attraper mes ciseaux, sa réponse a fait vibrer mon portable.

*J'aurais adoré, mais peut-être une autre fois ? Jinx a un match ce soir. Je lui ai promis de l'aider à s'échauffer.*

J'ai fixé l'écran en fronçant les sourcils. J'aurais pu aller cueillir des pommes toutes seules, mais je n'en avais pas vraiment envie. Je voulais y aller avec KO. Mais il était occupé avec Jinx. Encore une fois.

Après que KO a gagné son match contre Ronkowski, Jinx nous avait suivis au Starlite. Elle s'était installée sur la banquette à côté de KO, ce qui m'avait forcée à m'asseoir seule en face d'eux.

Je les avais trouvés bien à l'aise, blottis l'un contre l'autre sur cette banquette.

Je l'avais regardée chiper des frites à KO, comme s'ils avaient l'habitude de manger ensemble depuis des années. Je n'avais pas pu m'empêcher de repenser au nombre de fois où KO était rentré tard après leurs dîners au Starlite.

*Argh.* Je savais que la jalousie ne m'allait pas. C'était d'ailleurs pour cette raison que je n'avais pas parlé de Jinx Holliday à Jorge. Après tout, Jinx avait été gentille avec moi. Je ne voulais pas devenir le genre de personne qui interdisait à son petit ami d'avoir des amies filles. C'était régressif, et idiot. J'en avais *conscience*.

Dans ce cas, pourquoi étais-je aussi agacée en repensant à Jinx, à KO et à leurs frites ?

Mon portable a vibré à nouveau.

*Mais, si c'est vraiment important pour toi, on peut aller cueillir des pommes aujourd'hui. Pas de problème.*

Il était trop mignon. Je m'en voulais d'autant plus. KO ne cessait de me prouver que j'étais sa priorité. En échange, il fallait que je le respecte.

*Ne t'inquiète pas*, ai-je répondu, avec un émoji cœur. *On ira un autre jour. Bonne chance à Jinx !*

Tant pis. J'aurais plus de temps devant moi pour travailler. J'ai soupiré en enlevant la robe du mannequin. J'espérais être capable de sauver certains éléments pour les réutiliser.

Ce défilé de mode chez Lacy's était une occasion en or. J'aurais dû avoir des milliers d'idées dans la tête, être excitée par ce qui m'attendait !

Pourquoi étais-je en panne d'inspiration ?

Je savais pourquoi. Je n'étais pas capable de coudre sans ma mère. Je ne *voulais* pas coudre sans elle. Mais je n'avais pas le choix.

Une larme s'est écrasée sur la robe, marquant la soie bleu clair d'une tache bleu foncé.

# CHAPITRE DIX-HUIT
# Jorge

JE N'ARRIVAIS PAS à y croire. Le Ken du premier casting était assis à côté de la dernière chaise libre de la troisième audition. Je ne l'avais pas croisé à l'audition de danse, mais elle avait sûrement eu lieu sur plusieurs jours.

Je lui ai souri en m'asseyant à côté de lui. Il m'a souri en retour, d'un air vraiment séduisant. *Attention, Jorge*, ai-je pensé. *Tu n'es pas là pour te faire des amis.* Ni *plus* que des amis. Il fallait que je me concentre sur mon texte, pas sur le beau gosse dont la jambe ne cessait d'effleurer la mienne de manière accidentelle (ou pas). Plus j'examinais l'ange à mes côtés, plus il me plaisait.

— Keller ? a demandé une assistante. Kevin Keller ?

— C'est moi.

Ken s'appelait donc Kevin Keller. Un nom classique, à son image. Il a passé une main dans ses cheveux en se levant. J'avais oublié qu'il était délicieusement grand.

— Bonne chance, ai-je lancé, incapable de me retenir.

J'aurais dû faire des vocalises plutôt que de draguer un mec en polo. Qu'est-ce qui m'arrivait ?

— Merci, a-t-il répondu en souriant. À toi aussi.

Ses dents ont quasiment scintillé comme dans une publicité pour un dentifrice, puis il a disparu dans la salle d'audition.

Maintenant qu'il était parti, il était temps de me mettre au travail. J'ai sorti le script avec mes répliques surlignées. J'avais appris et récité mon texte sans arrêt depuis qu'on me l'avait envoyé, mais plus je répétais « Saperlipopette ! », plus ce mot me semblait absurde. J'avais même appelé Katy pour le lui réciter, mais elle avait été distraite. Je ne lui en voulais pas – elle était accaparée par son défilé de mode – mais j'aurais aimé la voir en chair et en os. Il était temps qu'elle emménage dans mon quartier. De toute manière, le Lower East Side était mort. Désormais, il était synonyme de poussettes UPPAbaby et de *latte* au lait d'avoine à 18 dollars.

— Jorge ? a demandé l'assistante. Jorge Lopez ?

Je l'ai remerciée intérieurement de ne pas l'avoir prononcé « Georges », comme la plupart de mes professeurs au lycée.

— C'est moi, ai-je dit en lui offrant mon plus beau sourire, même si je doutais qu'Ethan Fox lui demanderait son opinion sur les plus beaux sourires du couloir.

— C'est bientôt à ton tour, a-t-elle annoncé.

— Super, merci.

J'ai relu mes répliques. Je les connaissais par cœur mais c'était plus fort que moi. Je voulais me sentir prêt.

— Saperlipopette, ai-je murmuré. Saperlipopette.

La porte s'est ouverte. Kevin Keller est sorti. J'ai essayé de lire sa réaction sur son visage, mais son sourire neutre n'a pas trahi ses émotions.

— C'est à toi, Jorge, a dit l'assistante.

— Merci.

Je lui ai souri une dernière fois. Je comptais bien être la personne la plus sympathique du couloir. Elle a tenu la porte, et je suis entré dans une énième boîte noire. Les mêmes personnes que la dernière fois étaient assises derrière une table, avec Ethan Fox au centre, mais ce jour-là une femme avec des lunettes et une queue-de-cheval était installée sur le côté, un classeur sur les genoux. C'était sûrement elle qui me donnerait la réplique.

— Jorge ! s'est réjoui Ethan Fox en souriant.

*Ils veulent t'aimer,* me suis-je rappelé, comme le disait ma mère.

En tout cas, c'était l'impression qu'Ethan Fox me donnait.

— Ravi de te revoir, a-t-il repris. Installe-toi et commence quand tu veux.

— Merci.

Personne n'était aussi reconnaissant et souriant qu'un comédien à une audition. Je pense qu'aucun groupe d'humains n'était aussi désespéré que nous.

Je me suis planté au centre de la scène, j'ai croisé le regard de la lectrice, et j'ai hoché la tête. J'étais prêt.

— Barnaby, toi et moi, nous partons à New York, a-t-elle lu d'un ton monotone, les yeux rivés sur sa page.

J'ai gardé mon script à la main, même si je n'en avais pas besoin. J'ai écouté et réagi comme si la lectrice jouait aussi. Je savais que son travail ne consistait pas à exprimer ses émotions, mais mon frère Miguel avait été plus expressif qu'elle quand il m'avait aidé à réciter mon rôle d'Officer Krupke au lycée, et Miguel était un chauffeur. Pas un comédien.

Jouer face à cette lectrice, c'était comme jouer face à un mur.

— Ce n'est pas tout, a-t-elle repris. Nous ne retournerons pas à Yonkers tant que nous ne serons pas tombés amoureux de quelqu'un de charmant.

— Saperlipopette ! me suis-je écrié. Impossible, Cornelius ! On ne connaît même pas quelqu'un de charmant dans notre entourage !

Tout le monde a éclaté de rire. Soulagé, j'ai anticipé ma prochaine réplique.

— Attends, Jorge, m'a interrompu Ethan Fox. J'ai une petite remarque à te faire.

Surpris, je me suis tourné vers lui. Ils venaient de rire. Où était le problème ?

— Je vous écoute, ai-je dit en souriant.

— On recherche une interprétation un peu moins... Un peu plus...

— Moins sensible, a suggéré la femme.

— Moins gay, a conclu l'homme chauve à lunettes.

*Pardon ?*

Choqué, j'ai remarqué que la plupart d'entre eux hochaient la tête.

On n'était pas à l'armée, ni dans les années 1990 ! On ne pouvait pas demander à quelqu'un d'être « moins gay » ! Surtout pas dans un théâtre ! C'était l'endroit sacré où je pouvais être moi-même, sans jugement, depuis toujours. J'étais prêt à parier que la moitié des personnes derrière cette table ressentaient la même chose, dont monsieur sois-moins-gay.

— Peut-être une énergie plus masculine, a suggéré Ethan Fox en agitant ses mains, comme si l'énergie masculine était synonyme de grands gestes.

— On peut être masculin de différentes manières, ai-je rétorqué. Ma sexualité n'a aucun rapport avec mon expression de genre.

— Bien sûr, Jorge. C'est juste que... Barnaby a une relation hétérosexuelle.

— Comment le savez-vous ?

Je savais que j'étais trop agressif, que j'aurais dû me taire et accepter les critiques si je voulais décrocher ce rôle, mais je n'avais pas survécu à quatre ans de cours de sport humiliants au lycée pour me faire traiter de « trop gay » par des quarantenaires de Broadway qui auraient sûrement préféré être de mon côté de la table et être aussi sexy que moi en pantalon moulant.

— C'est écrit dans le script, a répondu la lectrice.

— Barnaby pourrait être bi. Minnie Fay pourrait ne pas être une femme cis. Je pensais que cette production serait différente d'un spectacle de fin d'année dans l'Iowa. Je pensais que c'était pour cette raison que vous, Ethan Fox, la mettiez en scène. C'est votre truc, pas vrai ? Vous créez des projets novateurs, vous adaptez des vieux spectacles et les réinventez à votre manière ? Vous êtes une sorte de génie de l'audace, adepte du travail expérimental ?

Ils se sont tous regardés, visiblement choqués que j'ose m'adresser sur ce ton au metteur en scène. J'étais moi-même surpris par mon culot, mais c'était plus fort que moi. Du haut de mes dix-huit ans, j'étais déjà trop vieux pour supporter ces aberrations d'hommes hétéros fragiles.

— Tu sais quoi ? a lancé Ethan Fox. Restons-en là pour aujourd'hui.

C'était officiel : je venais de gâcher mes chances de percer à Broadway. Je m'en voudrais sûrement plus tard, mais pour l'instant j'étais trop en colère pour penser à ce que j'allais rater.

— Jorge, j'aimerais te revoir à la prochaine audition, a décidé Ethan Fox. Tu liras avec les comédiens qui auditionnent pour le rôle de Cornelius.

Ses collègues avaient l'air aussi étonnés que moi. J'avais encore ma place, malgré tout ?

— D'accord, ai-je répondu. Merci.

Je me suis dirigé vers la sortie en les saluant d'une main. Avais-je vraiment envie de revenir à la prochaine série d'auditions, de participer à cette reprise de *Hello Dolly !* ? Je n'en étais pas certain. Je refusais d'évoluer dans un environnement où je n'étais pas libre d'être moi-même.

Je rêvais de Broadway depuis toujours, avant même que je sache lire le solfège. Et si je rencontrais ce même problème chaque fois ?

Personne ne m'avait jamais reproché d'être « trop quelque chose » dans un théâtre. C'était le seul endroit où je n'étais pas trop bruyant, ni trop maigre, ni trop *gay*. Mais il y avait peut-être une différence entre le lycée, les stages de théâtre et le milieu professionnel. Maintenant que je voulais travailler dans ce monde, cette belle époque était peut-être révolue.

Je ne voulais pas abandonner mes rêves, mais devoir cacher qui j'étais vraiment pour les réaliser était pire encore.

La voix de ma mère a interrompu mon monologue intérieur. Elle m'a conseillé de rester prudent, de réfléchir avant de couper les ponts avec le milieu. Il fallait que je rentre à la maison, que j'essaie de joindre Katy pour en discuter. Ne pas prendre de décision hâtive, surtout pas sur le coup de la colère.

— Jorge, attends !

À ma grande surprise, Ethan Fox s'est levé et m'a couru après. Il m'a rejoint devant la porte. Vu de près, il paraissait plus jeune que je le croyais. Il avait des taches de rousseur sur le nez, et des rides très légères au coin des yeux.

— Écoute, a-t-il murmuré. Je t'apprécie beaucoup. Je suis désolé de la façon dont Gilbert t'a parlé. Sa remarque manquait de professionnalisme et de délicatesse. Je suis vraiment désolé.

J'aurais aimé qu'il conclue son excuse en traitant Gilbert de sectaire intolérant, mais c'était mieux que rien.

— Je pense que tu as ta place dans ce spectacle, Jorge. Tu as une belle voix, tu es un excellent danseur, tu corresponds à l'âge du personnage et tu as le sens de la comédie. J'aimerais vraiment découvrir le Barnaby que *tu* es capable de créer. Comme je l'ai précisé, on a juste besoin d'une énergie plus...

— Masculine, ai-je terminé à sa place.

Ethan Fox ressemblait à tous les profs de sport que j'avais eus au lycée. Il ressemblait à mon père, qui n'avait pas compris pourquoi je voulais me déguiser en princesse Jasmine à Halloween quand j'étais petit. Il ressemblait à mon frère Hugo, qui se moquait de moi parce que je « lançais la balle comme une fille ».

— Exactement, a-t-il dit. La comédie musicale américaine est connue pour ses chorégraphies profondément masculines. C'est ce dont j'essaie de m'inspirer. Pense à Gene Kelly dans *Un Américain à Paris*, moins à Billy Porter dans *Kinky Boots*.

— Je vois.

Billy Porter était bien plus méritant qu'Ethan Fox, mais j'ai gardé cette remarque pour moi.

— Réfléchis bien, d'accord ? a-t-il ajouté en posant une main sur mon épaule. Je sais que je ne devrais pas te le dire à ce stade, mais je me bats pour toi.

Ethan Fox se *battait* pour *moi* ? Cette situation était bien plus compliquée que la chorégraphie de l'audition. Malgré ma douleur et ma déception, je ne pouvais pas m'empêcher d'être excité par cette nouvelle. *Ethan Fox*, le metteur en scène new-yorkais le plus apprécié du moment, se battait pour *moi*, jeune artiste inconnu qui n'avait encore jamais travaillé dans un spectacle professionnel.

C'était irréel.

*Réfléchis bien.*

Je ne pouvais pas lui promettre plus, mais j'avais bien l'intention de réfléchir.

# CHAPITRE DIX-NEUF
# Pepper

## « COUP DE FOUDRE ! »

Par Amelie Stafford pour CelebutanteTalk,
une filiale de Cabot Media

Nous avons un coup de foudre, et pas seulement pour la divine Pepper Smith ! Nous aurions dû nous douter que notre chère Pep se remettrait rapidement de son aventure royale. Hier soir, la jolie Pepper a été aperçue collée aux lèvres d'une jolie blonde en combinaison argentée à paillettes.

Les clients d'Il Boccone NYC, le nouveau restaurant du chef montant Blaze Rossi, ont immédiatement reconnu Pepper, qui dégustait une assiette de pappardelles avec sa nouvelle conquête. Et devinez qui d'autre était présent ? Nul autre **que** l'irritable chef Gordon Ramsay !

Quand Gordon s'est mis à critiquer ouvertement le plat de pâtes qu'on lui avait servi, Pepper a sauvé la situation en courant en cuisine, où elle lui a préparé sa version des spaghettis à la carbonara. D'après lui, le meilleur plat de pâtes qu'il ait jamais mangé ! Cette fille a décidément de nombreuses cordes à son arc ! Blaze Rossi a proposé à Pepper de devenir son chef de cuisine, mais elle a refusé, absorbée par d'autres engagements pressants.

CelebutanteTalk a hâte de découvrir la nature de ces engagements ! Et si Pepper ouvrait son propre restaurant ? Depuis plusieurs années, on raconte qu'elle organise des dîners exclusifs dès qu'elle est en ville, fréquentés notamment par Timothée Chalamet et les sœurs Hadid. Peut-être serait-il temps de nous ouvrir la porte à nous, humbles mortels, pour que nous puissions enfin dîner à la table de Pepper Smith ?!

Nous attendons également avec impatience la réponse à la question que se posent tous les New-Yorkais avertis : qui est la chanceuse qui a capturé le cœur (ou du moins les lèvres) de la star de la ville ? Nous avons cherché des indices sur le compte Instagram de Pepper, mais elle n'a rien posté depuis son sublime portrait dans la piscine de SoHo House. (Rendez-vous sur la dernière story Instagram de @CelebutanteTalk pour acheter le maillot de bain que porte Pepper !)

Si vous reconnaissez la mystérieuse blonde (ou si vous croisez Pepper), merci de nous écrire à Amelie.Stafford@cabotmediagroup.com.

# CHAPITRE VINGT
## Josie

BISCUIT BARREL, C'ÉTAIT VRAIMENT un monde à part. J'aurais dû m'en douter, venant d'un restaurant mêlé à une boutique de country. Ce matin-là, non seulement j'avais appris mon lot d'anecdotes sur les abeilles, mais j'avais aussi découvert que Pauly était un adepte des galettes de pomme de terre de Biscuit Barrel. J'avais l'impression d'avoir petit-déjeuné dans tous les Biscuit Barrel d'Ohio et de Pennsylvanie.

Nos derniers concerts, à Youngstown et Akron, n'avaient pas été de francs succès. Le problème n'était pas lié à nos performances mais aux salles de spectacle, qui manquaient d'intérêt, et au public qui n'avait pas été au rendez-vous. Chanter devant une salle à moitié vide était plus compliqué que ce que j'imaginais. J'avais hâte d'arriver à Pittsburgh. Quel que soit le nombre de spectateurs dans la salle, je savais que quelqu'un de spécial serait dans le public : Kevin. Il avait été noyé par le travail pendant son premier semestre – je n'avais pas eu de nouvelles depuis que je lui avais annoncé qu'on passerait par Pittsburgh. J'avais hâte de le revoir.

Mais avant, il fallait qu'on sorte de ce énième Biscuit Barrel.

Pauly était en train de jouer au solitaire posé sur la table, pendant que mon père essayait de commander un café un peu trop élaboré. Le départ n'était visiblement pas imminent.

Pendant ce temps, je faisais du shopping. J'ai attrapé un pull avec, sur le devant, un cardinal rouge dans une boule à neige parée de flocons en paillettes. Ce pull était tellement moche qu'il en devenait presque cool. Je me suis plantée devant le miroir en le tenant devant moi en me demandant comment réagirait mon père si je montais sur scène avec cette monstruosité plutôt que mes tenues noires habituelles.

Un sublime visage mal rasé et familier est apparu derrière moi. Bouche bée, j'ai regardé Boone Wyant approcher dans le reflet, les mains enfouies dans les poches de son jean. Il portait une chemise en flanelle par-dessus un Henley moulant. Entre lui et Archie, je commençais à me demander si je n'avais pas une obsession pour les Henley.

Nos regards se sont croisés dans le miroir. Un sourire séduisant a illuminé son visage.

— S'il y a bien une personne qui serait belle même avec ce pull, c'est toi, Josie McCoy.

— J'avais donc raison, ai-je plaisanté. Tu me suis partout.

J'ai remis le pull à sa place et je me suis retournée vers Boone en essayant de paraître aussi cool que possible, même si je ne me sentais *pas cool du tout*. Mon vieux jogging River Vixens et mon sweat-shirt noir ne m'étaient d'aucune aide. Je me sentais plus à l'aise quand je portais mes tenues de scène, mais pas au point de me mettre sur mon trente-et-un sur la route, dans notre minivan. Tout à coup, je regrettais de ne pas être à mon avantage. Une hauteur de talons ne m'aurait pas fait de mal. J'ai essayé de me tenir droite dans ma paire de Nike noire et blanche préférée.

— Je te jure que non ! s'est-il défendu en levant les mains en l'air. Je suis juste accro aux Goo Goo Clusters.

— Tu inventes des mots, maintenant ?

— Pas du tout.

Boone a avancé en tendant un bras. Il s'est penché au-dessus de moi, tellement près que, pendant quelques folles secondes, j'ai cru qu'il allait m'embrasser. Ce qui ne fut pas le cas, bien entendu. Non seulement on se connaissait à peine, mais la boutique d'un Biscuit Barrel n'était pas non plus propice au romantisme.

En tout cas, le fait d'être aussi proche de Boone avait déclenché un petit quelque chose en moi. Il sentait le linge propre et le cuir. Je n'ai pas pu m'empêcher d'inspirer son parfum.

— Ils sont là, a dit Boone en attrapant deux gâteaux carrés dans des emballages bleus. Les Goo Goo Clusters à la noix de pécan. Mes préférés. Caramel, guimauve, noix de pécan, chocolat. Tout ce qu'il y a de meilleur. Et ils sont confectionnés à Nashville.

— Est-ce que tu travailles pour l'office du tourisme ? ai-je demandé en levant les yeux au ciel, même si sa fierté envers sa ville était plutôt craquante. On dirait que la ville de Nashville te sponsorise. Si je viens à un de tes concerts, est-ce que je découvrirai que ton ampli est recouvert d'autocollants « Visitez Nashville » ?

— Tu envisages de venir à un de mes concerts ? s'est-il étonné. (Son enthousiasme était flatteur.) Je joue à Pittsburgh demain soir, au Lonesome Cowboy.

— Qu'est-ce que c'est ?

— C'est un bar, a-t-il expliqué en baissant la tête, visiblement gêné. Mais l'endroit est chouette. Il y a toujours du monde. Il y a plus de fans de country qu'on le pense à Pittsburgh. J'adore l'énergie du public dans les bars.

— Moi aussi, ai-je avoué.

À l'époque, j'avais adoré chanter à La Bonne Nuit. Aux dernières nouvelles, le speakeasy s'était peu à peu transformé en boîte de nuit. J'avais passé de belles soirées là-bas.

— Est-ce que vous passez par Pittsburgh ? a tenté Boone.

— On y joue demain soir, ai-je répondu. Je serai là, mais sur scène.

— Et si tu venais plus tard ? Je joue deux fois, en début et en fin de soirée. Où a lieu votre concert ?

— Au Carnegie Hall.

— Waouh, a-t-il lancé en sifflant.

— Ce n'est pas celui de New York...

— C'est quand même un beau théâtre, a-t-il insisté. Je suis sûr qu'il va te plaire.

— Est-ce que tu y es déjà allé ? ai-je demandé, curieuse. Depuis quand es-tu en tournée ?

— Tout seul ? Depuis que j'ai eu mes dix-huit ans, il y a deux mois. Mais, quand j'étais plus jeune, je tournais avec mes parents et mes frères, avant que mes parents reprennent le Heartless Café. On avait un groupe de folk.

— Tu plaisantes ? l'ai-je taquiné.

J'avais du mal à imaginer Boone dans un costume de marin, tel un sage petit von Trapp dans *La Mélodie du bonheur*.

— Tu es mal placée pour te moquer, a-t-il dit en riant. Je te rappelle que tu es en tournée avec ton père, jeune fille.

— Ajoutons « jeune fille » à la liste des expressions à ne pas utiliser, comme « beauté », « mademoiselle », et ne parlons même pas de « chérie ».

— Désolé. Si tu veux, je t'offre un Goo Goo pour me faire pardonner.

— Il est un peu tôt pour manger un gâteau au caramel, au chocolat et à la guimauve.

— Il n'est *jamais* trop tôt pour un Goo Goo, a-t-il protesté.

Boone s'est dirigé vers la caisse d'un pas assuré. Pendant quelques minutes, j'avais oublié le sermon de mon père suite à ma sortie de la veille. Cette fois, la situation était différente. On s'était rencontrés par hasard, en plein jour, dans un lieu public, entourés de témoins.

Boone a attrapé deux bouteilles de Coca en verre dans une glacière vintage à côté de la caisse.

— Des gâteaux *et* du soda ? ai-je lancé en le regardant poser son butin sur le comptoir. Laisse-moi deviner : « dentiste » ne fait pas partie de ta liste de métiers de secours.

— Je n'ai pas de liste de secours, a-t-il avoué. Il n'y a que la musique. C'est tout ce que je sais faire. C'est ce que je *suis*. Il faut que je réussisse. Je n'ai pas le choix.

*Oui.* C'était exactement ce que je ressentais. Je détestais quand les gens – toujours des adultes, souvent des hommes – insistaient sur le fait que je *devais* avoir un plan B, comme si mes rêves ne se concrétiseraient jamais. Comme s'il était impossible de vivre de ma musique. Je savais que c'était faux. Toute ma vie, j'avais vu mon père travailler en tant que musicien.

Je deviendrais une star, encore plus célèbre que lui. Le monde entier connaîtrait Josie McCoy.

— Est-ce que tu as quelques minutes devant toi ? m'a demandé Boone, son sac en plastique au poignet.

— Peut-être, ai-je répondu en balayant la boutique du regard.

— Dans ce cas, suis-moi.

On est sortis sur la terrasse du Biscuit Barrel, qui donnait sur le parking et l'autoroute. Quelle vue pittoresque... digne d'une carte postale.

Je me suis assise dans un des fauteuils à bascule rouges. Boone s'est installé dans celui d'à côté, qui a grincé sous son poids. Il s'est servi de l'accoudoir pour décapsuler une bouteille de Coca, qu'il m'a offerte. J'ai savouré une gorgée de soda frais en me demandant à quand remontait la dernière fois que j'en avais bu. Le liquide était trop pétillant, trop sucré. Boone m'a lancé un Goo Goo, qui a atterri sur mes genoux. J'ai déchiré l'emballage et goûté au gâteau.

— C'est plutôt bon, ai-je avoué. Moi qui croyais que tu étais venu à Biscuit Barrel seulement pour des biscuits !

— Jamais de la vie, a-t-il répondu en secouant la tête. Jamais je ne trahirais les biscuits de Meemaw.

— Meemaw ?

— Ma grand-mère, a-t-il expliqué. Elle est censée être à la retraite, mais elle continue à préparer les biscuits du restaurant. Si elle me surprenait en train de manger d'autres biscuits que les siens, elle me botterait les fesses. Je serais la honte de la famille.

— Tu as du chocolat sur la lèvre, ai-je remarqué en touchant la mienne au même endroit. Juste ici.

Il a passé sa langue du mauvais côté.

— Non, pas là ! ai-je dit en riant. De l'autre côté.

Il s'est essuyé avec son pouce, en vain.

— Approche.

Boone s'est penché vers moi. J'ai effleuré sa lèvre inférieure avec mon pouce.

— Voilà, ai-je murmuré.

Il ne s'est pas écarté. Moi non plus.

— Est-ce qu'on vous dérange ? a demandé une voix familière.

— Papa !

J'ai aussitôt reculé contre le dossier de mon fauteuil. Mon père s'est planté devant nous, un gobelet de café à la main, le chapeau baissé jusqu'aux sourcils. Pauly s'est dirigé vers le minivan avec un sac en plastique rempli à craquer.

— Regarde sur qui je suis tombée ! ai-je annoncé en montrant Boone comme s'il s'agissait d'une récompense d'un jeu télévisé. Notre criminel préféré.

— Ta sécurité n'est pas une plaisanterie, Josie, a grogné mon père.

— Boone Wyant, monsieur, s'est présenté Boone en se levant, la main tendue. C'est un honneur de vous rencontrer. Je suis fan de votre travail. Vous êtes un des plus grands musiciens de jazz de notre époque. Et je ne suis pas un criminel. Promis.

— Mmh, a marmonné mon père, comme si la question n'avait pas encore été tranchée.

Il lui a quand même serré la main. Leur confrontation m'a divertie. La colère de mon père était plus amusante quand elle ne me concernait pas. Boone avait l'air de transpirer sous sa chemise en flanelle.

— Boone est aussi en route pour Pittsburgh, ai-je expliqué.

— Pas à cause de Josie, monsieur, a-t-il précisé. J'aimerais beaucoup vous revoir en concert, mais ma tournée passe aussi par Pittsburgh.

— Je ne sais pas qui t'a engagé, mais j'imagine qu'il doit apprécier ton style musical, a lancé mon père avec dédain.

— Je joue deux fois au Lonesome Cowboy demain soir, a continué Boone. Je serais honoré de vous voir, vous et Josie, à mon second concert.

J'admirais son culot. Si mon père m'avait regardée de cette manière, je ne l'aurais invité nulle part. Et puis, le fait que Boone m'invite à son concert *avec mon père* était hilarant. S'il avait l'intention de tenter sa chance avec moi, ses méthodes étaient différentes de celles des garçons de Riverdale.

— J'ajouterai vos noms à la liste pour que vous ayez les meilleures places, a-t-il insisté. Et je vous laisserai des tickets boissons à l'entrée.

— Merci infiniment d'offrir de l'alcool à ma fille de dix-huit ans…

— Du soda ! s'est écrié Boone. Ils servent du soda !

Il était temps d'abréger ses souffrances.

— OK, papa, ai-je dit en posant une main sur son bras. Allons-y. Boone, on se voit à Pittsburgh.

Mon père a grogné un au revoir, puis on s'est dirigés ensemble vers le minivan.

— Qu'est-ce que tu en penses, papa ? l'ai-je taquiné. Est-ce que tu as envie d'assister à un concert de country demain soir ?

C'était comme si je lui demandais d'ouvrir notre premier set avec *Milkshake*.

— Si je voulais écouter quelqu'un pleurer dans sa bière en parlant de femmes et de camions, j'appellerais l'ex-femme de Pauly.

Voilà un sujet qui n'avait *pas* été mentionné pendant nos conversations sur les abeilles.

Quelques minutes plus tard, tandis qu'on sortait du parking, j'ai jeté un œil vers la terrasse. Boone s'était rassis sur son fauteuil, un soda dans une main, un gâteau dans l'autre. Il a levé sa bouteille à notre attention. Je lui ai fait au revoir de la main, même si je savais qu'il ne me verrait pas à travers les vitres teintées.

Il y avait beaucoup de Comfort Motel et de Biscuit Barrel dans le pays. Pourtant, on s'était retrouvés deux fois au même endroit. J'avais beau ne pas croire au destin, je me demandais *pourquoi* je n'arrêtais pas de tomber sur ce garçon.

En revanche, je savais pourquoi je n'arrêtais pas de penser à lui. Entre son sourire ravageur, ses larges épaules et sa voix grave qui me faisait fondre… difficile de résister.

Kevin aurait peut-être envie de me suivre au Lonesome Cowboy. Mon père ne m'interdirait pas de passer du temps avec mon demi-frère préféré, n'est-ce pas ?

J'avais un bon pressentiment.

Un *très* bon pressentiment.

# CHAPITRE VINGT ET UN
## **Katy**

ENTRER DANS LACY'S AVEC UN vêtement à la main était une première pour moi.

Certes, je n'étais jamais *sortie* du magasin avec des habits que j'avais moi-même achetés non plus. J'avais déjà aidé Veronica à porter ses nombreux sacs, mais mes rares achats chez Lacy's étaient tellement minuscules qu'ils rentraient dans un simple tote bag.

Je me suis agrippée à la housse à vêtements qui contenait ma robe, j'ai quitté le chaos de la rue et je me suis engouffrée dans le hall calme et réconfortant de Lacy's. J'ai jeté un œil à l'horloge accrochée au mur. Je ne voulais pas être en retard. J'ai longé les comptoirs de maquillage et de parfums. Mes talons claquaient de manière saccadée et nerveuse contre le sol.

J'aurais dû porter des chaussures plates, ou des talons larges. J'avais choisi cette paire, avec ses talons fins et ses sangles délicates, afin de mettre en avant le travail du cuir que j'avais effectué sur les orteils. Mes efforts seraient annulés si je me mettais à boiter à cause des ampoules qui étaient en train de se former.

J'ai appelé l'ascenseur. Il s'est aussitôt ouvert. Chez Lacy's, il y avait des lustres jusque dans les ascenseurs. Ici, tout était parfait.

— Retenez la porte ! a crié une jeune fille noire de mon âge.

Elle était en train de courir vers moi avec une housse à vêtements et un manteau sur les bras. Ses longues tresses volaient dans son dos. Elle avait l'élégance de Zoë Kravitz. J'ai retenu la porte, et elle m'a rejointe à l'intérieur. Elle portait un jean noir taille haute et des bretelles bleu ciel brodées avec des têtes de chats. Les broderies étaient clairement faites à la main. On allait sûrement au même endroit.

— Merci, a-t-elle soufflé en passant une main sur son front. Il y a eu un problème sur la ligne G. Le métro s'est arrêté pendant une *éternité*. J'ai cru que j'allais arriver en retard. Je m'appelle Deja Birungi.

Elle m'a tendu la main.

— Katy Keene, ai-je dit en la lui serrant. J'adore tes bretelles.

— Katy Keene ? a-t-elle demandé en écarquillant les yeux. La remplaçante de Felix ? On a reçu un e-mail à ce sujet.

— Oui, c'est moi, ai-je confirmé en espérant paraître plus assurée que je ne l'étais. Est-ce que tu sais ce qui est arrivé à Felix ?

— Non, et ne pose *surtout* pas la question. Ils ont été très clairs là-dessus. Son départ n'est pas sujet à discussion.

— C'est noté. Est-ce qu'il y a d'autres choses que je dois savoir ?

— Rien de particulier, a-t-elle répondu. Sois toujours à l'heure. N'embête pas Rex avec des détails. Ne t'adresse à personne d'officiel, sauf s'il te parle en premier.

— Est-ce que tu veux dire qu'il y a des responsables de Lacy's sur place ? ai-je demandé. Comme Gloria ? Gloria Grandbilt ?

Ma participation m'offrirait peut-être une opportunité professionnelle plus vite que prévu.

— Gloria ? Sûrement pas !

Deja a secoué la tête avec exagération. La porte de l'ascenseur s'est ouverte au sixième étage. On est sorties, et on a remonté un couloir aux murs couleur crème, recouverts de croquis noir et blanc de silhouettes des années 1950. C'était la première fois que je montais au sixième étage.

— Tu n'es pas au courant ? s'est étonnée Déjà. À propos d'elle et Rex ?

Voilà ce que je savais de Gloria Grandbilt : cette femme **était une** légende. Elle dirigeait d'une main de fer (parfaitement manucurée) le département de personal shopping. Depuis qu'elle avait commencé sa carrière chez Lacy's, elle habillait toutes les stars, les mondains et les icônes de la mode qui franchissaient la porte du magasin. Elle était aussi à l'origine de la plupart des modes de ces dernières années. Karl Lagerfeld aurait dit : « Si vous voulez savoir ce que tout le monde portera demain, regardez ce que Gloria Grandbilt porte aujourd'hui. » On racontait aussi qu'elle ne transpirait jamais.

Voilà ce que j'ignorais de Gloria Grandbilt : tout le reste.

Deja s'est approchée de moi et a murmuré à mon oreille, comme si elle avait peur que les murs l'entendent.

— Ils se *détestent*, m'a-t-elle confié. Est-ce que tu savais que Rex London a été personal shopper ici ?

J'ai hoché la tête. Je remerciais Veronica, qui me l'avait confié.

— Rex a été le premier personal shopper homme de Lacy's, a-t-elle repris. Gloria s'est battue pour qu'il décroche ce poste. Madame Lacy ne voulait pas embaucher un homme, mais Gloria a insisté. Pour elle, Rex London avait un sens de la mode unique – en dehors du sien, bien sûr.

— Qu'est-ce qui s'est passé ? ai-je demandé à voix basse.

— Quand Rex a été choisi pour présenter *Project Catwalk*, il a quitté son job chez Lacy's sans déposer de préavis. Un jour, il ne s'est simplement pas présenté au magasin. Ce matin-là, il était censé habiller Tom Hanks pour la saison des remises de prix. Il n'avait même pas préparé les tenues. Gloria a réussi à sauver la situation, parce qu'elle est géniale, mais Lacy's a frôlé la catastrophe. Si Tom Hanks n'était pas aussi gentil, cette histoire se serait mal terminée.

— Aïe, ai-je dit en grimaçant, imaginant le stress de l'équipe.

— Elle ne lui a jamais pardonné de l'avoir abandonnée. C'est le dernier homme à avoir été embauché comme personal shopper chez Lacy's. Maintenant, ce sont les filles de Gloria, littéralement. Suis-moi. C'est par ici.

— Dans ce cas, pourquoi madame Lacy organise-t-elle un défilé pour lui ? ai-je demandé en lui emboîtant le pas.

Plus on avançait, plus les croquis encadrés aux murs devenaient modernes.

— Elle n'allait pas le refuser, s'est amusée Deja. Rex London est leur ancien employé le plus célèbre. Madame Lacy ne pouvait pas décliner la publicité que lui offrirait un défilé dirigé par Rex London. Elle va se contenter de séquestrer Gloria à l'étage des personal shoppers. Ou l'envoyer à Paris. Qui sait ? Quoi qu'il en soit, il est clair qu'on ne verra pas un seul de ses beaux cheveux blonds.

J'étais déçue. Une partie de moi avait espéré rencontrer Gloria et l'impressionner suffisamment pour décrocher un entretien. Même si je n'y étais pas arrivée, j'aurais simplement adoré la voir.

Deja a posé une main sur la poignée dorée devant nous, puis elle a ouvert la porte en bois beige. À l'intérieur, cela grouillait d'activité, principalement autour d'une estrade et d'un miroir triptyque. On se serait cru dans *J'ai dit oui à la robe*. Des participants étaient en train de sortir leurs créations de leurs housses et de les accrocher sur des portants.

Il y avait tellement de couleurs et de textures que j'avais du mal à me concentrer sur une tenue. Il y avait des robes, des chemises et des pantalons, tous aussi impressionnants les uns que les autres, tous dignes de créateurs professionnels. J'ai serré ma housse contre ma poitrine, inquiète pour ma robe qui serait comparée au travail des autres.

— Katy Keene ? a demandé un homme aux cheveux bleus.

Il portait des lunettes, un bloc-notes, et il avait l'air particulièrement stressé.

— Je suis Andy Holtz, s'est-il présenté. L'assistant de Rex London. Nous avons échangé par mail.

J'ai extirpé mon bras de sous ma housse et je lui ai serré la main.

— Bien sûr ! Bonjour ! Ravie de vous rencontrer, et encore merci pour cette opportunité. C'est vraiment incroyable…

— En effet, m'a-t-il interrompue. C'est une opportunité *incroyable* dont rêveraient des milliers de créateurs. Vous avez beaucoup de chance ! *Tout le monde* voulait une place dans ce défilé.

Mon sourire s'est envolé.

— Je vous suis vraiment reconnaissante…

— J'ai eu beaucoup de mal à examiner votre cas, Katy Keene, a-t-il repris d'un air taquin. Vous n'êtes pas active sur les réseaux sociaux. Les autres stylistes ont un nombre considérable d'abonnés. Votre compte Instagram est *privé*.

— Oh ! Je… Je ne savais pas que c'était un problème.

J'ai fait défiler mon compte Instagram dans ma tête. Mon profil comprenait quelques tenues mettant en avant des vêtements que j'avais créés, mais surtout beaucoup de selfies de KO et moi, des vidéos floues de Jorge qui dansait à Molly's Crisis, et les photos de ma quête de la meilleure part de pizza de la ville. Bref, un compte loin d'être synonyme de *styliste professionnelle*.

— Ce n'est pas un problème en soi, m'a rassurée Andy. Cela m'a juste compliqué la tâche. Je n'ai pas pu m'assurer que vous aviez le niveau exigé par Rex.

Son regard s'est posé sur ma housse, comme s'il était capable de voir à l'intérieur. J'ai serré ma pauvre robe contre moi, comme pour la protéger.

— Ne vous inquiétez pas ! a-t-il insisté. Je suis certain que votre travail est excellent. Si la recommandation de Veronica Lodge suffit à Rex, elle me suffit aussi.

Il me souriait, mais son enthousiasme me rendait encore plus nerveuse. Moi qui m'étais sentie confiante en sortant de chez moi dans ma robe à pois et mon blazer bleu marine, je me sentais désormais ringarde et transpirante, à des années-lumière des attentes de Rex London.

— Accrochez votre création sur un portant, a conclu Andy. J'ai hâte de découvrir votre travail ! Et ne paniquez pas si des retouches sont nécessaires. Rex a conscience que les autres participants ont eu de l'avance sur vous pour retravailler leurs créations avec lui.

C'était exactement ce que je ne voulais *pas* qu'on me rappelle, mais je lui ai souri malgré tout. Je serais professionnelle et plaisante, quoi qu'il en coûte.

J'ai accroché la housse au portant à roulettes le plus proche de la porte mais, avant de sortir ma robe, je n'ai pas pu m'empêcher de jeter un œil à mon portable. Est-ce que les autres participants étaient vraiment des stars des réseaux sociaux ? J'ai cherché Deja Birungi sur Instagram. Dix-huit mille abonnés. *Punaise.* J'ai fait défiler ses photos. Toutes mettaient en avant des tenues sublimes, originales et extrêmement bien taillées. Heureusement que mon compte était privé. J'aurais eu honte.

De retour sur mon fil d'actualité, j'ai remarqué que KO avait posté une nouvelle photo. C'était un portrait noir et blanc de Jinx à la salle de boxe. Ses gants encadraient son visage parfait et une goutte de sueur coulait sur son front, tellement parfaite qu'elle aurait pu avoir été ajoutée par un directeur artistique. La photo était magnifique. Les contrastes ajoutaient des courbes et des ombres à son visage déjà sublime. La légende de KO indiquait : « Killer Queen ».

Je suis allée faire un tour sur mon profil. On avait été tellement occupés récemment, entre mon défilé et ses entraînements, qu'il n'y avait pas de photos récentes de KO et moi. Il a fallu que je fasse défiler mes photos jusqu'à ce que je tombe sur le selfie qu'on avait pris cet été à Coney Island, quand on avait essayé d'imiter – en vain – la Belle et le Clochard en mangeant un hot-dog Nathan's Famous. J'avais de la moutarde sur un sourcil, mais j'avais l'air heureuse, radieuse.

Depuis, l'automne était arrivé, et on n'avait toujours pas ramassé de feuilles mortes, ni de citrouilles, ni de pommes. Je savais qu'on avait encore un peu de temps devant nous, mais KO me manquait. Parviendrions-nous à commencer notre plus bel automne ensemble ?

— Katy ? a lancé Andy en approchant, le sourire aux lèvres mais le regard sérieux. Excusez-moi, mais est-ce qu'on vous dérange ? Est-ce que vous voulez sortir dans le couloir ?

— Non ! Pas du tout ! J'étais en train de… Je suis désolée.

Je suis devenue toute rouge. *Très professionnel, Katy.* J'ai enfoui mon portable dans mon sac, où il resterait jusqu'à la fin de la journée. J'ai ouvert ma housse le plus vite possible, comme si cela suffirait à compenser ma mauvaise première impression.

— Mes chers stylistes !

Je me suis retournée vers l'entrée. Il était impossible de ne pas reconnaître Rex London, avec sa peau hâlée, ses sourcils noirs et ses cheveux argentés. Il était plus petit que je ne le pensais, mais son costume trois pièces lui allait à ravir. Peu de gens oseraient porter un costume à motif écossais avec une chemise fleurie mais, sur Rex London, c'était *parfait*.

— C'est un génie, s'est émerveillée Deja, les yeux pétillants d'admiration. J'espère atteindre son niveau en matière de mélanges de motifs. Le simple fait de voir ce qu'il porte tous les jours est une masterclass.

J'ai hoché la tête. Rex London était lumineux. Je ne savais pas si c'était lié à son statut de célébrité – comme la fois où Jorge et moi nous sommes quasiment agenouillés devant Sarah Jessica Parker quand on l'a croisée sur Christopher Street – ou si sa peau était tellement bien hydratée que son aura radieuse jaillissait de ses pores.

— Aujourd'hui, c'est la dernière fois que j'inspecte vos créations, a annoncé Rex en plaçant ses mains devant sa bouche, comme une prière. Ensuite, ce sera l'heure des essayages et de préparer vos tenues pour le défilé !

Les essayages ! C'était tellement excitant. Je n'avais jamais travaillé avec un mannequin professionnel. J'avais toujours créé des vêtements pour mes amis.

— À quelle heure arrivent les mannequins ? ai-je demandé à Deja.

J'étais soulagée de ne pas avoir raté un seul essayage. Je n'étais peut-être pas aussi en retard que je le craignais !

— De quoi parles-tu, Katy ? a demandé Deja, confuse. Les mannequins, c'est *nous*.

# CHAPITRE VINGT-DEUX
## Jorge

— JORGE !

Katy est entrée en trombe dans Molly's Crisis. Son écharpe rouge flottait derrière elle comme une flamme. Cette fille savait à quel point il était important d'établir une marque personnelle. Katy ne se serait jamais décrite de la sorte, mais elle avait un style unique, qui n'appartenait qu'à elle. À la fois rétro, mignon et élégant, comme la grande sœur sophistiquée de Minnie.

— Je suis en pleine crise ! a-t-elle annoncé.

— Dans ce cas, tu es au bon endroit, ai-je plaisanté. D'ailleurs, je me suis toujours demandé quelle crise avait eu Molly.

Si quelqu'un le savait, personne n'était là pour me l'expliquer. Le bar était vide. La porte était ouverte, mais pas le bar, ce qui n'était pas sérieux. Franchement, je méritais le job de Darius. Si je laissais la porte de l'épicerie familiale ouverte par mégarde, ma mère me tuerait. Le *New York Post* publierait un article qu'ils appelleraient « Massacre à l'épicerie ! ».

— Elle a peut-être décroché une place dans un défilé de mode et réalisé au dernier moment que c'était *elle* qui devait défiler avec sa tenue, a répondu Katy.

— Oh ! C'est vrai ? C'est génial !

Katy avait l'air paniquée, mais j'étais excité pour elle.

— Ce n'est *pas* génial, Jorge ! a-t-elle gémi. Pas du tout !

Elle a enlevé son blazer bleu marine et l'a posé sur un tabouret. Les boutons étaient en forme de fraises.

— Ce sont des nouveaux boutons ? ai-je demandé en les montrant du doigt. J'adore !

— Oui, je les ai trouvés à Lou Lou Buttons. Je n'ai pas pu résister. Ils transforment cette veste, pas vrai ? Mais je ne suis pas là pour parler de fraises !

Katy portait une robe en soie rouge à pois, avec des manches bouffantes et des boutons en tissu. Le style Katy Keene, toujours impeccable.

— Je n'en suis pas capable, Jorge, a-t-elle déploré. Je ne suis pas mannequin !

— Je sais, mais tu *peux* le faire, l'ai-je rassurée en glissant le parasol miniature de mon soda au gingembre derrière son oreille. Tu sais *marcher*, Katy.

— Seulement de manière normale ! Pas professionnelle ! Pas devant un public !

— Ils ne te regarderont pas toi, ils seront concentrés sur ta robe, lui ai-je rappelé. C'est tout ce qui compte. D'ailleurs, qu'a pensé Rex London de ta robe ?

— Ma robe ! s'est-elle écriée en se tapant le front. Je l'ai laissée chez Lacy's ! Je ne sais même pas si j'étais censée la récupérer. J'étais tellement préoccupée que je l'ai oubliée !

— Est-ce que tu es partie en courant après qu'on t'a annoncé que tu devais défiler ?

Katy a bu une gorgée de ma boisson.

— Bien sûr que non, a-t-elle répondu. Je ne me suis pas enfuie. Ils ont coupé court aux essayages. Rex a dû partir plus tôt que prévu. Apparemment, il y avait un problème urgent avec son émission. Il n'a pas encore vu ma robe.

— Il va l'adorer, lui ai-je promis. Et moi, quand est-ce que j'aurai le droit de la voir ? Tu m'avais dit que tu m'enverrais une photo.

En général, Katy me montrait toujours les tenues qu'elle créait, à chaque étape de leur évolution.

— Je sais, a-t-elle dit en évitant de croiser mon regard. Je… Je ne suis pas convaincue du résultat. Je devrais retourner chez Lacy's pour la retravailler avant que Rex la voie.

— Ne va pas trop loin dans les retouches, Katy. Souviens-toi de ce qu'a dit Coco Chanel : il faut toujours enlever un accessoire avant de sortir de chez soi. Et n'oublie pas ce que *je* t'ai dit au bal de fin d'année en seconde.

— Comment ai-je pu penser que des *gants sans doigts* seraient une bonne idée ? a-t-elle soupiré en secouant la tête.

— Même les plus grands font des erreurs, ai-je remarqué en haussant les épaules. Et tu feras partie des plus grands. Promets-moi de m'envoyer une photo de cette robe, OK ?

Katy a hoché la tête. J'espérais qu'elle tiendrait sa promesse. Je n'avais pas l'habitude de la voir aussi perdue, surtout quand il s'agissait des vêtements qu'elle créait. Elle était douée, et elle le savait.

— En attendant, ma cover girl, ajoutons du swag à ta démarche.

— Je n'ai pas de swag, a-t-elle gémi en prenant sa tête entre ses mains. Je ne sais même pas ce que c'est ! Je suis foutue !

Je me suis dirigé vers la sono au fond de la salle. Je connaissais le lieu par cœur. J'étais vraiment fait pour travailler ici. J'avais beau avoir grandi au-dessus de notre épicerie, je me sentais plus légitime à choisir des chansons et servir des cocktails qu'à griller des sandwiches et vendre des Flamin' Hot Cheetos aux jeunes du quartier. Et puis, si j'étais embauché en tant que serveur, on me laisserait peut-être monter sur scène ! Parfois, Molly's Crisis accueillait des chanteurs qui n'étaient pas des drag-queens.

Un jour, si je devenais une star de Broadway, ils me *supplieraient* de chanter ici.

Depuis ma dernière audition, mon avenir était en suspens. Les remarques d'Ethan Fox tournaient en boucle dans ma tête. Je savais qu'il était le metteur en scène, que c'était *sa* vision, et que ses commentaires concernaient le *personnage*, pas *moi*, mais je le prenais quand même personnellement. Parce que c'était personnel.

Comme si le problème venait de moi, pas de ma performance.

Je n'avais toujours pas décidé si je participerais aux prochaines auditions. Si j'y allais, lirais-je la scène de manière plus « masculine » ? Emprunterais-je des vêtements à mes frères ? Leur offrirais-je ce qu'ils m'avaient demandé ? Ou jouerais-je le Barnaby que *je* voyais ?

C'était une occasion unique. Ce spectacle, c'était ce dont j'avais toujours rêvé. Ethan Fox me soutenait. Il *voulait* que ce soit moi. Ce n'était pas le genre de choses qui arrivaient à tout le monde à la sortie du lycée. Pourtant, c'était mon cas.

J'ai branché mon portable avec le câble et j'ai lancé *Vogue* sur Spotify. Parfois, les grands classiques sont nécessaires. La voix de Madonna a résonné dans la salle vide. Katy avait déjà l'air de meilleure humeur. Elle m'a suivi sur scène en claquant des doigts.

— *Strike a pose*, ai-je ordonné avec Madonna.

— *Vogue*, a murmuré Katy en encadrant son visage entre ses mains.

— Non. Cette pose est ringarde, même dans le milieu de la mode.

— Je sais ! a dit Katy en riant. Je suis nulle, mais pas à ce point.

— Fais comme si la scène était le podium.

J'ai posé une main sur son épaule, je l'ai dirigée côté cour, puis je l'ai retournée face à l'entrée des coulisses côté jardin. La scène à Molly's Crisis était trop étroite pour défiler face au public.

— Maintenant, fixe un point devant toi, ai-je conseillé. Tiens-toi droite, détends tes bras, pose un pied devant l'autre et fais de grandes enjambées.

L'été que j'avais passé devant des émissions de télé-réalité portait enfin ses fruits. Entre *Project Catwalk*, *America's Next Super Model* et *Drag Race*, j'étais quasiment qualifié pour donner des cours de mannequinat.

Katy a remonté le faux podium comme un adorable petit T. rex.

— Détends tes mains ! ai-je crié.

Elle les a secouées comme dans une chorégraphie de jazz, puis elle a serré les poings et les a rouverts comme une Barbie.

C'était… mal parti.

— Mes mains sont bizarres ! a-t-elle râlé en atteignant l'autre côté de la scène. Est-ce qu'elles ont toujours été bizarres ? Tu aurais pu me prévenir, Jorge !

Et si j'essayais de lui montrer l'exemple ? J'ai fixé un point en coulisses, j'ai redressé mes épaules et j'ai marché, invoquant les déesses des émissions que j'avais regardées tout l'été.

— Non, non, non ! a hurlé Darius en sortant des coulisses.

Il portait sa perruque et un peignoir en soie par-dessus son rembourrage. Voilà à quoi aurait ressemblé Taye Diggs s'il avait été drag-queen. Sublime.

— Ça suffit ! a-t-il crié en posant les mains sur ses hanches. Je refuse d'assister à cette mascarade du meilleur ami gay qui apprend à sa meilleure amie hétéro à défiler dans un bar drag !

— On est en crise, Darius ! ai-je protesté. Comme Molly !

— Je m'en fiche !

— S'il te plaît ! l'a supplié Katy.

Darius a poussé un long soupir.

— Bon, d'accord, a-t-il décidé. Mais par pitié mettez fin à ce triste spectacle avant l'arrivée des clients. On ne veut pas leur faire peur.

Darius a disparu dans les loges. Katy s'est retournée vers moi.

— C'était si mauvais que ça ? s'est-elle inquiétée. Mauvais au point de faire fuir les clients ?

— Ce n'était pas « mauvais », l'ai-je rassurée. C'était... presque bien.

Katy a grogné de frustration.

— Tu peux le faire ! ai-je insisté. Allez ! Montre-moi de quoi Katy Keene est capable !

Tandis qu'on remontait notre faux podium sur la scène de Molly's Crisis, sur les plus grands tubes de Madonna, je me suis senti libre. Libre d'être moi-même, de me déplacer comme je le voulais, sans me demander si j'étais « masculin » ou pas.

J'en ai presque oublié les remarques d'Ethan Fox.

Presque.

# CHAPITRE VINGT-TROIS
## Pepper

— TU AS *ENFIN* DÉCIDÉ de me rendre visite ? m'a reproché Mme Freesia entre deux gorgées de thé, le bord de son élégante tasse en porcelaine posée contre ses lèvres carmin. Je commençais à penser que tu m'évitais.

— Pas du tout, ai-je promis en déposant sur la table basse une boîte de macarons Ladurée que j'avais achetés en guise d'offrande de paix.

— Oh ! Mes préférés, s'est-elle réjouie en tapant dans ses mains. J'espère qu'il y en a à la mûre et à la violette.

— Bien sûr. Je vous connais bien.

— Tu es partie trop longtemps, mon petit chou, a regretté Mme Freesia en reniflant comme une grande dame de Broadway inconsolable. Je n'aurais pas été surprise si tu m'avais oubliée.

— Inutile d'en rajouter, ai-je soufflé. J'étais juste occupée.

Ivan, le chat de Mme Freesia, a sauté sur ses genoux. Il était moche, sans poils, avec des oreilles de chauve-souris, mais elle l'adorait. Ivan m'a lancé un regard noir, comme s'il manigançait quelque chose.

— Occupée par quoi ? a demandé Mme Freesia. Ta dernière poule ?

— Ce n'est pas une poule, ai-je répliqué, incapable de contenir mon sourire. D'ailleurs, je pense qu'elle vous plairait. Elle a un caractère bien trempé.

— C'est vrai ? a demandé Mme Freesia avec curiosité. Qui est-elle ? Une héritière ? Une gestionnaire de fonds spéculatif ? La PDG d'une start-up de la Silicon Valley ?

— Tout ne tourne pas autour de l'argent, vous savez.

— Ce n'est pas ce que je t'ai appris, a-t-elle dit en riant. En tout cas, je suis ravie de te revoir au Georgia.

— C'est un bel endroit. Et je vous jure, Mme Freesia, que si je décide de rejoindre une coopérative, c'est ici que j'investirai.

— C'est la meilleure adresse de New York depuis que Grace Kelly l'a choisie comme pied à terre à Manhattan.

— À l'époque où la princesse et vous étiez de vieilles copines d'école ? ai-je deviné.

— Je ne suis pas si vieille que ça ! a grogné Mme Freesia.

Je savais que la taquiner était une mauvaise idée mais, de temps en temps, la provoquer était satisfaisant.

— Parle-moi de toi, Pepper. Quels sont tes projets ?

— Je ne sais pas encore, ai-je avoué en attrapant un macaron, en prenant soin de lui laisser ses préférés.

C'était la question que tout le monde me posait, mais je ne savais toujours pas dans quoi dépenser mon énergie et mes nombreux talents.

— Tiens-moi au courant quand tu auras pris ta décision, a-t-elle insisté en souriant. Inclus-moi dans tes projets, Pepper. Je serai toujours là pour toi. J'espère que tu le sais.

— Je le sais, Mme Freesia.

Mais *quels* projets ? Plus le temps passait, plus je me mettais la pression. Les médias avaient été adorables à mon égard depuis mon arrivée, mais je savais qu'ils étaient capables de se retourner contre moi à tout moment. Être *Pepper Smith* avait des conséquences. Je n'avais pas le droit de me reposer sur mes lauriers. Ma réputation dépendait de ma prochaine bonne idée, qu'il fallait que je trouve. Mme Freesia et son carnet d'adresses seraient là en cas d'urgence, mais j'espérais ne pas en arriver là.

Quel que soit mon projet, je voulais l'entreprendre moi-même.

# CHAPITRE VINGT-QUATRE
## Josie

JE CONNAISSAIS LE CONSEIL qu'on donnait à tout artiste rêvant de fouler la scène du Carnegie Hall à New York : il fallait travailler, travailler, travailler. Moi, je monterais sur la scène du Carnegie Hall de Pittsburgh aux côtés de mon père. C'était moins glorieux, mais mieux que rien.

La loge qu'on m'avait attribuée ne ressemblait à aucune autre. C'était un grand open space au deuxième étage, rempli de meubles inspirés du style victorien, avec des miroirs contre les murs. J'ai inspecté mon reflet, ajusté le décolleté de ma combinaison, tourné la tête de gauche à droite. Mes longues boucles d'oreilles argentées frôlaient mes épaules dénudées.

— Tu es belle ce soir, Josie, ai-je affirmé.

Ma vie sociale de ces dernières semaines se limitant à mon père et à Pauly, la suite logique voulait que je commence à me parler à moi-même. Contrairement à Pauly, je ne connaissais pas d'anecdotes intéressantes sur les abeilles capables de me divertir. J'avais envie d'aller au concert de Boone, pour *enfin* discuter avec quelqu'un d'autre, mais cela n'arriverait pas. Après ce que mon père m'avait fait vivre la dernière fois, Boone n'en valait pas la peine.

On a frappé à la porte. J'ai jeté un œil à l'horloge accrochée au mur. Il était encore tôt. Curieuse, j'ai traversé la pièce et ouvert la porte.

— Bonsoir, Josie, a dit mon père en remontant son chapeau. J'ai une bonne nouvelle.

S'il était excité, il ne le montrait pas. Cet homme était le roi du visage impassible.

— On ajoute une date à notre tournée, a-t-il annoncé. On fait un détour par New York.

J'ai poussé un cri de joie.

— New York ? New York *City* ?

J'espérais qu'il parlait de la ville, pas de l'état, et qu'on ne jouerait pas à Buffalo, New York. Avec tout le respect que je devais à Buffalo – où avaient été inventées les Buffalo wings –, cette ville n'avait pas le même cachet que New York, surtout s'il était question d'y donner un concert.

— Je viens de discuter avec la patronne de Tiny's, a précisé mon père.

*Mon Dieu.* Tiny's ? C'était un club de jazz réputé dans le Village. Les artistes les plus célèbres avaient joué là-bas, et j'étais sur le point de faire partie de ce groupe exclusif ?

— Leur tête d'affiche a annulé son concert à la dernière minute. Ils savaient que j'étais en tournée et m'ont proposé de le remplacer. On part pour New York demain matin.

— Tiny's ! Je n'arrive pas à y croire. C'est *génial*, papa !

— Oui, c'est génial, a-t-il confirmé sans trahir son enthousiasme. On ne sait pas qui sera dans le public. Des agents, des tourneurs, des managers, des découvreurs de talents…

C'était la chance d'une vie. L'occasion de lancer ma carrière solo.

— Il faudra que tu sois parfaite, Josie. Je ne veux pas que tu entaches le nom de Myles McCoy. Ne me fais pas honte.

— Bien sûr que non ! ai-je protesté.

Mon père avait peur que je l'humilie ? Moi qui croyais avoir fait mes preuves en travaillant dur tous les soirs... Il finissait toujours par me réprimander, d'une manière ou d'une autre. Quand j'avais cinq ans, mon père avait critiqué ma performance au spectacle de fin d'année de l'école. J'avais chanté *Rainbow Connection*. Il avait trouvé ma voix « trop criarde ».

— Concentre-toi sur le tempo, OK ? a-t-il insisté. Je ne suis toujours pas satisfait du pont.

— Compris, ai-je dit en serrant les dents.

Le métronome vivant était de retour.

— Échauffe bien ta voix ce soir, a-t-il ajouté. Travaille ton articulation. Tes consonnes manquent de clarté.

— C'est noté, ai-je lancé en exagérant la prononciation du « t ».

Mon père a poussé un soupir exaspéré.

— Je veux seulement t'aider, Josie. Le monde de la musique sera plus intransigeant que moi.

— J'ai du mal à le croire, ai-je marmonné.

— Si tu veux réussir dans ce milieu, tu dois être *parfaite*. Plus que parfaite. Si tu n'es pas capable d'accepter les critiques, tu aurais dû rester à la maison, à Riverdale, et continuer à chanter dans ta cave.

Veronica n'aurait pas apprécié cette description de La Bonne Nuit, mais ce n'était pas le moment de lancer un débat.

— J'en suis capable, papa.

— Dans ce cas, prouve-le-moi. Que le concert de ce soir soit aussi réussi, voire meilleur que les autres. À tout à l'heure.

Il m'a saluée d'une main et a disparu dans l'escalier.

Face à lui, j'avais du mal à garder mon calme. Il le faisait peut-être pour mon bien, mais c'était beaucoup plus difficile d'être critiquée par son père que par les autres.

J'ai fermé la porte de ma loge et je me suis affalée dans un fauteuil mou tapissé d'un brocart rouge. La seule personne qui aurait pu apprécier cette décoration, c'était Kevin. On aurait dit une brocante organisée par les Blossom à Riverdale. Plus je voyageais à travers le pays, plus l'anormalité de ma ville natale se confirmait.

Je savais que je verrais Kevin ce soir-là après le concert, mais c'était plus fort que moi : j'ai sorti mon portable de ma poche et je l'ai appelé.

— Josie ?

Son visage familier a rempli l'écran.

— Kevin Keller ! Comment va mon demi-frère préféré ?

— Content de te revoir, a-t-il répondu. Tu ne m'as pas oublié, maintenant que tu es une star ?

— Je ne suis pas une star, et jamais je ne t'oublierai. Au fait, regarde ce canapé. Est-ce qu'il te rappelle quelque chose ?

Je lui ai montré le canapé en face de moi.

— Je pense que Nana Rose a le même à Thistlehouse, s'est amusé Kevin.

— C'est exactement ce que je pensais ! ai-je dit en inversant la caméra. Le décorateur de ce théâtre était sûrement un Blossom.

— Sans aucun doute. Attention de ne pas mettre le feu à ta loge. On sait que leurs meubles ont tendance à être inflammables.

— Arrête, Kevin ! ai-je dit en riant. J'ai tellement hâte de te voir tout à l'heure.

— Tout à l'heure ? a-t-il demandé, confus.

— Oui... Je suis à Pittsburgh. Tu as reçu le billet que je t'ai envoyé, pas vrai ?

Kevin s'est tapé le front d'une main.

— Oh ! Non. Je n'y crois pas. J'ai complètement oublié ! Je ne suis pas à Pittsburgh.

— Quoi ? Où es-tu ?

Ma soirée tant attendue avec Kevin était en train de s'envoler comme de la fumée. J'ai pris conscience de combien il me manquait. J'aurais tellement aimé retrouver ce petit bout de ma maison, le temps d'une soirée.

— Je suis à New York ! a-t-il répondu. J'ai passé un casting pour un spectacle sur Broadway.

— C'est super, Kevin ! Tu étais doué en mise en scène à Riverdale High, mais j'ai toujours pensé que ta voix méritait d'être entendue.

— Venant de la plus grande diva de l'histoire de Riverdale – c'est un compliment, pas une insulte –, ça me réchauffe le cœur. Merci, Josie.

— Alors ? Quand est-ce que je vais te voir sur Broadway ? ai-je demandé en m'installant confortablement, les genoux serrés contre mon torse.

Kevin a froncé les sourcils.

— Jamais. Enfin, pas de sitôt. J'ai été remercié après la deuxième vague d'auditions.

— Quelle bande d'idiots, ai-je soufflé.

— Ils cherchaient quelqu'un de plus « audacieux », a-t-il expliqué en mimant les guillemets.

— Plus audacieux que toi ? ai-je dit en levant les sourcils. Est-ce que tu leur as dit que tu avais survécu à une secte accusée de trafic d'organes ?

— J'ai oublié de le préciser, a-t-il plaisanté. J'aurais dû l'ajouter dans la partie « autres compétences » de mon CV, entre « claquettes » et « espagnol courant ».

J'ai éclaté de rire.

— Tu peux au moins être fier d'avoir été rappelé, ai-je ajouté. Et si tu déménageais à New York une fois ton diplôme en poche ? Tu pourrais tenter ta chance sur Broadway.

— Pourquoi ? Est-ce que tu comptes t'installer à New York ?

J'ai réfléchi un instant. Je n'y avais pas songé sérieusement, mais il aurait été agréable de trouver un lieu où poser mes valises et me faire de nouveaux amis. New York était la ville idéale. Je ne connaissais pas bien la ville, mais je savais qu'elle débordait d'opportunités.

— Je ne sais pas, ai-je avoué, mais j'y serai demain. Oh ! C'est parfait ! On pourra se voir là-bas !

Le visage de Kevin s'est décomposé.

— J'aurais adoré, Josie, mais je dois retourner à Carnegie-Mellon. Je suis déjà à Penn Station. J'attends mon train.

— C'est vrai ? ai-je regretté. Tu ne peux pas rester une journée de plus ?

— Impossible. J'ai raté trop de cours, et j'ai une présentation sur l'émergence du théâtre nô au Japon au quatorzième siècle demain, qui compte pour un quart de ma note.

— OK, monsieur l'étudiant. Je comprends.

Je ne le comprenais pas vraiment – je ne savais même pas ce qu'était le théâtre nô – mais je respectais qu'il ait d'autres priorités.

— Amuse-toi bien à New York ! a-t-il conclu. Tu vas adorer cette ville. Et bonne chance pour ce soir.

— Merci, Kevin.

J'ai raccroché, puis j'ai glissé mon portable dans mon sac. Kevin ne viendrait pas. J'étais à nouveau seule face à mon reflet. On était à quelques minutes du lever de rideau. Je me suis levée et je suis sortie sans qu'on me le demande, épargnant la montée des marches à un régisseur.

Le concert s'est bien passé. Techniquement parfait. Pourtant, il m'avait manqué quelque chose, comme si l'âme avec laquelle je chantais d'habitude avait disparu. La conversation avec mon père m'avait préoccupée, ainsi que l'absence de Kevin. En général, le chant était mon échappatoire, une manière de m'évader, mais pas ce soir-là.

Heureusement, le public ne l'avait pas remarqué. Encore une fois, la salle n'était pas pleine, mais les spectateurs présents avaient apprécié le concert. Il était toujours gratifiant de voir un public se lever et applaudir tandis que je saluais, quelques pas derrière mon père.

— Attends-moi, Josie ! a lancé mon père tandis que je traversais les coulisses.

J'étais prête à essuyer ses critiques. Il avait sûrement senti que quelque chose n'allait pas.

— Est-ce que tu veux m'accompagner au Lonesome Cowboy ? a-t-il proposé.

Je n'en croyais pas mes oreilles. Mon père se moquait clairement de moi.

— C'est une blague ? ai-je vérifié. Si c'est le cas, ce n'est pas drôle.

— Je suis sérieux. J'aimerais voir si ce Boone Wyant a le potentiel de jouer en première partie de nos concerts dans le Sud. Nos dates ont l'air de se chevaucher. Pauly m'a glissé qu'il pourrait être intéressant d'avoir un artiste de country en ouverture quand on approchera de Nashville.

Pauly m'a fait un clin d'œil par-dessus l'épaule de mon père. Incroyable. Est-ce qu'il essayait de jouer à l'entremetteur entre Boone et moi ? Je ne comprenais rien à ce qui était en train de se passer.

— Alors, Josie ? a insisté mon père. Est-ce que tu veux te joindre à moi ?

— Bien sûr, ai-je fini par répondre. Je préfère passer la soirée à un concert plutôt que devant le distributeur d'un Comfort Motel.

— Ne parle pas trop vite, a dit mon père. Il est probable que le distributeur soit préférable à ce qu'on s'apprête à entendre au Lonesome Cowboy.

— Quel optimisme, papa. Est-ce que tu as vraiment envie d'inviter Boone sur la tournée ? Tu n'as pas l'air convaincu.

— Non, a-t-il avoué. C'est pour cette raison que je veux l'entendre chanter, avant de prendre une décision.

— OK. Je vais chercher mes affaires et je vous rejoins dehors.

J'ai monté l'escalier à toute vitesse, enfilé mon manteau, enfoui le maquillage dans mon sac et dévalé les marches. J'avais peur que mon père change d'avis entre-temps, non pas parce que j'avais hâte de revoir Boone, mais parce que j'avais besoin de voir autre chose qu'une énième chambre de motel.

Du moins, c'était ce dont j'essayais de me convaincre.

Pauly et mon père m'attendaient dans le minivan. Ensemble, on a traversé Pittsburgh. Des bâtiments industriels en briques défilaient derrière la vitre. Quelques minutes plus tard, on est arrivés au Lonesome Cowboy. Le nom du bar était affiché en néons. Une foule était attroupée sur le trottoir. *Tous ces gens étaient-ils là pour voir Boone ?*

Mon père et moi sommes descendus du minivan et avons rejoint les potentiels spectateurs, vêtus de chemises en flanelle et de vestes en jean. On était les seules personnes vêtues de noir.

Pauly est resté dans le minivan.

— Tu ne viens pas ? ai-je demandé.

— Non, a-t-il répondu. Je vais manger à Primanti's. Il paraît que là-bas ils mettent les frites *dans* les sandwiches.

— On vit vraiment dans un monde merveilleux, l'ai-je taquiné.

— Absolument, Josie.

Il nous a salués d'une main et nous a laissés sur le trottoir.

Mon père et moi nous sommes faufilés dans la foule jusqu'à l'entrée. L'énergie était palpable, électrique.

— Désolé, a regretté le videur, mais le dernier concert est complet.

— On est invités, ai-je expliqué avant que mon père fasse demi-tour. Josie et Myles McCoy.

Le videur a feuilleté sa liste d'un air perplexe. Il a fini par trouver nos noms.

— Parfait, a-t-il dit en ouvrant la porte. Entrez.

Le bar était bondé. La salle était beaucoup plus petite que celles où mon père et moi avions l'habitude de chanter, mais aucune n'avait jamais été aussi remplie, aussi vivante. On aurait dit que les gens s'apprêtaient à danser d'une minute à l'autre.

— Suis-moi, Josie, a ordonné mon père.

Il avait repéré un coin au fond de la salle, près du bar. Je lui ai emboîté le pas. Inutile de donner des coups d'épaules : les gens laissaient toujours passer Myles McCoy, sûrement à cause de sa carrure et son assurance.

Peu de temps après qu'on s'est collés au mur, les lumières se sont tamisées. Quelqu'un a présenté Boone, puis il est monté sur scène, le sourire aux lèvres et sa guitare sur le dos.

— Bonsoir, Pittsburgh !

Le public l'a acclamé. J'ai regardé autour de moi. J'étais entourée de cheveux longs et de shorts courts, peu adaptés à la température extérieure. Aucun doute là-dessus : les fans de Boone Wyant étaient majoritairement féminines. Je me demandais combien d'entre elles rêvaient de devenir sa « chérie » ou sa « beauté ». Sûrement toutes.

Je ne leur en voulais pas. Il était encore plus beau sur scène que dans le couloir du motel, qu'au restaurant routier ou à Biscuit Barrel. Il portait un tee-shirt blanc moulant et un jean. Simple mais efficace.

— Je vais commencer avec une reprise d'une des plus grandes autrices et compositrices de l'histoire de la country : madame Dolly Parton.

Je n'ai pas pu m'empêcher de sourire. J'avais lu un article sur le manque de représentation féminine dans le milieu de la country. La plupart des radios évitaient d'enchaîner deux chansons de femmes de peur que leurs auditeurs changent de station. Le choix de Boone et son respect pour Dolly Parton m'a fait l'apprécier davantage.

C'était une reprise lente et épurée de *Do I Ever Cross Your Mind*. Boone a fermé les yeux et chanté d'une voix grave, un brin rocailleuse, absolument irrésistible.

Mon père m'a donné un coup d'épaule, brisant la magie du moment.

— Est-ce que tu penses qu'il porte autre chose que des jeans ? a-t-il murmuré.

J'ai souri. Je savais exactement ce que mon père voulait dire.

Boone Wyant rejoindrait notre tournée.

# CHAPITRE VINGT-CINQ
## Katy

**TANDIS QUE JE FERMAIS** la porte de l'appartement derrière moi, M. Discenza est apparu à l'autre bout du couloir. J'ai pivoté sur mes talons en espérant avoir le temps de rentrer avant qu'il me voie.

— Katy ! a-t-il crié.

Trop tard.

— Bonjour, M. Discenza, ai-je dit en grimaçant.

Je savais exactement de quoi il allait me parler.

— J'attends toujours ton dernier loyer, Katy.

Voilà.

— Tu es une belle personne, a-t-il ajouté, et je sais que tu as traversé une année difficile. Je ne veux pas t'embêter, mais tu es en retard de dix jours.

— Je sais. Je suis désolée. Vraiment. Donnez-moi deux minutes.

J'ai ouvert la porte, je suis rentrée chez moi, j'ai sorti mon chéquier du tiroir et je l'ai rempli. Mon budget serait serré jusqu'à la fin du mois, mais je savais que le chèque ne serait pas refusé.

J'ai remonté le couloir à toute vitesse.

— Voilà, ai-je dit en lui tendant le chèque, à bout de souffle. Je vous paierai à temps le mois prochain, promis. Je cherche du travail en ce moment.

D'ailleurs, il était temps que je passe à la vitesse supérieure. Le défilé Rex London occupait tout mon temps, mais il ne me paierait qu'en expérience et en visibilité. Si je voulais être capable de payer mes prochains loyers, il me fallait un emploi. J'éplucherais les petites annonces dès ce soir. Je finirais par trouver quelque chose. Je n'avais plus le choix.

— Je ne sais pas combien de mois il te reste, a avoué M. Discenza. J'ai reçu beaucoup d'offres, Katy. Je pense que je vais vendre l'immeuble.

— Bientôt ? me suis-je inquiétée.

Je savais que cela finirait par arriver, mais cette nouvelle me brisait le cœur. Je ne parviendrais jamais à décrocher un appartement sans justificatifs de salaire. J'aurais pu demander à Jorge et ses parents de m'héberger, maintenant que ses frères étaient partis. La mère de KO aurait aussi accepté que j'occupe leur canapé-lit du salon, mais seulement pendant quelque temps. Il y avait déjà trop de monde dans la maison. Et puis, le trajet depuis Long Island finirait par avoir raison de moi. J'étais une fille de Manhattan.

— Je ne sais pas encore, a répondu M. Discenza, mais je te promets que je te préviendrai dès que je le saurai, avant les trente jours de préavis.

— Merci beaucoup, ai-je dit en souriant.

J'appréciais sa générosité, mais elle ne rendrait pas ma vie plus facile. L'immobilier new-yorkais était un véritable cauchemar. Il était temps d'arrêter de prolonger l'inévitable. Au début, j'avais eu peur de quitter le seul appartement que j'avais connu, peur de m'éloigner davantage de ma mère, mais la perspective d'un nouveau départ était excitante. Où que j'aille, ma mère serait toujours avec moi. Quand je travaillais avec sa machine à coudre, c'était comme si elle était à mes côtés.

Et puis, il fallait que je me rende à l'évidence : je n'avais plus les moyens de rester dans cet appartement. Il fallait que je déménage dans un quartier plus abordable, avec un ou deux colocataires.

J'ai dévalé les quatre étages de l'immeuble. Dehors, une silhouette familière m'attendait. Je me suis jetée dans ses bras et j'ai déposé des dizaines de baisers sur ses joues.

— Comment va la plus belle fille de Delancey Street ? a demandé KO en m'enlaçant.

— Mieux, maintenant que tu es là. Qu'est-ce que tu fais ici ? Tu ne m'as pas prévenue !

— Je voulais te faire une surprise. Et t'apporter ton petit déjeuner.

KO m'a tendu un sac. Je l'ai ouvert, curieuse.

— Oh ! me suis-je réjouie en sortant un sandwich du sac. Miam !

J'ai arraché le papier aluminium et dégusté une bouchée de pain et de fromage fondu.

— Tu me connais trop bien, ai-je ajouté, la bouche pleine. Un sandwich au fromage fondu, c'est la surprise dont rêvent toutes les femmes.

— Je me suis dit que tu en avais besoin. Tu avais l'air stressée, hier soir.

KO et moi nous appelions tous les soirs depuis qu'on avait seize ans. C'était peut-être niais, mais j'adorais cette tradition.

— Je *suis* stressée, ai-je confirmé.

J'ai continué à manger mon sandwich tandis qu'on re-montait la rue main dans la main.

KO savait toujours de quoi j'avais besoin.

— Tu ne t'es pas acheté un sandwich ? me suis-je étonnée.

— Je… Je l'ai déjà mangé, a-t-il répondu en rougissant.

KO avait beaucoup de qualités, mais la patience avec la nourriture n'en faisait pas partie.

— Qu'est-ce qui te stresse, Katy ? Est-ce que c'est cette histoire de défilé ?

— Oui, cette « histoire de défilé », ai-je soupiré.

J'aurais aimé être capable d'en parler avec autant de détachement que KO.

— Où est le problème ? a-t-il demandé. Tu es la plus belle fille que je connaisse. Tu pourrais être mannequin.

— C'est gentil, KO, mais tu n'es pas objectif.

— Je te jure que si, a-t-il insisté. Je ne me retiens pas de te dire que tes pieds sont froids comme la glace, que tu éternues trop fort et que tu es incapable de t'orienter à Long Island. Tu es venue chez moi des milliers de fois, mais tu te perds toujours.

— Merci d'établir une liste de mes défauts, ai-je dit en riant, mais, pour ce qui est du dernier, c'est la faute à Long Island. Cet endroit a besoin d'un système de *grille*, comme Manhattan.

— Toi et ton snobisme de quartier, m'a-t-il taquinée en lâchant ma main et en attrapant son portable. Pour en revenir au défilé, franchement, je ne vois pas pourquoi tu t'inquiètes.

— Parce que c'est *énorme* ! ai-je crié. Je ne suis pas mannequin, et je ne dis pas ça pour aller à la chasse aux compliments. Ce n'est même pas une question d'apparence ! Je ne suis pas faite pour être sous les projecteurs. J'adore chanter avec Jorge aux soirées karaoké, mais c'est différent. On s'amuse ensemble, et Jorge est doué. Il pourrait chanter à côté d'une plante d'appartement et faire d'elle une star. Moi, ma place est en coulisses. Je rêve que les gens voient mes créations, mais je ne veux pas qu'ils me voient les porter !

J'ai roulé le papier aluminium en boule et je l'ai jeté dans une poubelle. On s'est arrêtés à un passage piéton. Quand le feu est passé au vert, on a traversé la rue.

— Mets-toi à ma place, KO. Est-ce que tu aimerais être mannequin ? Je sais que tu as l'habitude de boxer devant un public, mais c'est différent. Tu es concentré sur le match, sur ton adversaire. Imagine-toi en train de défiler sur le ring, avec tout le monde qui te regarde et te juge et… KO ?

Je me suis arrêtée net. KO avait disparu. Depuis combien de temps marchais-je en parlant toute seule ? Heureusement, aucun passant ne me regardait comme si j'étais folle.

C'était un des avantages de New York. L'anonymat y avait quelque chose de rassurant. C'était sûrement le seul endroit au monde où on pouvait pleurer en public sans se faire aborder. De temps en temps, on avait tous besoin de pleurer dans le métro. Avant de rencontrer KO, Jorge et moi étions tombés amoureux du même garçon en cours de maths. Quand on avait appris qu'il n'était intéressé par aucun de nous, on avait pleuré sur tout le trajet. Personne ne nous avait posé de question.

Bref, je remerciais New York et ses habitants indifférents, mais pas ses trottoirs bondés qui m'empêchaient de retrouver mon petit ami. Je me suis mise sur la pointe des pieds, à la recherche de KO. Un homme en costume m'a frôlé en me reprochant de bloquer le passage.

Je suis revenue sur mes pas, j'ai traversé le passage piéton dans le sens inverse, et j'ai enfin repéré KO, planté devant un institut de beauté, les yeux rivés sur son portable, le sourire aux lèvres.

— KO ? ai-je lancé en m'arrêtant devant lui. Allô ? KO ?

J'ai tapé sur son nez.

— Hein ? a-t-il bredouillé en levant la tête.

Il a cligné des yeux, comme s'il était surpris de me voir.

— Est-ce que ça va ? ai-je demandé. J'ai marché toute seule sur cent mètres.

— Désolé, Katy. Jinx m'a envoyé un message et…

Il a regardé son portable à nouveau et il s'est mis à rire.

— Cette fille est vraiment drôle, a-t-il ajouté. Je t'expliquerais bien ce qu'elle m'a écrit, mais c'est une histoire de boxe…

— Pas de problème, ai-je dit.

Pourtant, il y avait un problème. Je ne soupçonnais pas KO de me tromper — je savais que je pouvais lui faire confiance à ce sujet — mais j'étais jalouse qu'une autre fille le fasse tellement rire qu'il en avait oublié qu'il marchait avec moi. J'avais l'impression d'être exclue d'une grande partie de sa vie. Désormais, il avait rencontré quelqu'un qui le comprenait mieux que moi.

J'avais toujours essayé de soutenir KO dans sa carrière de boxeur, mais je n'étais pas experte en la matière. Je connaissais les règles de base, je m'étais même « battue » contre KO deux fois pour m'amuser, mais je ne voyais pas l'intérêt de ce sport. Les gants de boxe empestaient la transpiration. Les coups m'avaient fait mal aux mains. Tout comme KO, qui ne se sentait pas à sa place dans le monde de la mode, je ne me sentais pas à ma place sur un ring.

— Je t'écoute, a promis KO en rangeant son portable dans sa poche. Tu étais en train de me parler du défilé.

— Peu importe, ai-je marmonné. Ce n'est pas important.

— Si tu es stressée, c'est important, Katy.

Je n'arrivais même pas à lui en vouloir de ne pas m'avoir écoutée. Il était trop gentil.

— Tu as besoin d'une pause, a-t-il décidé. Je ne suis pas venu ce matin seulement pour t'offrir un sandwich. Je voulais t'emmener cueillir des pommes à la ferme dont tu parlais. J'ai même mis ma chemise d'automne pour l'occasion.

J'ai souri. Sa chemise à carreaux était parfaitement adaptée aux couleurs de la saison.

— On pourrait se promener dans le verger, boire du cidre, cueillir des pommes, les emporter chez ma mère et préparer une tarte ! a-t-il suggéré.

— Est-ce que tu as déjà préparé une tarte aux pommes ? ai-je demandé, sceptique.

— J'apprendrai, a-t-il dit en souriant.

De nous deux, KO était celui qui se débrouillait le mieux en cuisine. Moi, j'utilisais mon four pour stocker mon papier patron : une mauvaise idée, particulièrement inflammable.

— Ce serait l'occasion d'arrêter de penser à ton défilé et de t'amuser, le temps d'une journée.

— J'aurais adoré, KO, mais c'est impossible. Les essayages ont lieu aujourd'hui.

— Je pensais que c'était hier, a-t-il dit en fronçant les sourcils.

— C'était le cas, mais Rex London a dû partir en urgence. C'est ce que je t'ai expliqué au téléphone. Tu ne t'en souviens pas ? Où pensais-tu que j'allais ce matin ?

— C'est vrai, a bredouillé KO en se frottant le front. Je suis désolé, Katy. J'aurais dû m'en rappeler. Je suis sorti tellement tard avec Jinx hier soir, j'étais épuisé.

— Je vois, ai-je murmuré en serrant les dents.

Je ne savais pas que KO était sorti avec Jinx. On s'était appelés plus tard que d'habitude, mais j'avais cru que c'était ma faute : j'avais passé la soirée à regarder d'anciens épisodes de *Project Catwalk*, à la recherche d'inspiration et de conseils. En réalité, c'était parce que KO était sorti avec une autre fille.

— Je te promets qu'on ira cueillir des pommes avant la fin de l'automne, a-t-il insisté en prenant mes mains dans les siennes.

— Ce n'est pas grave, KO. Ce ne sont que des pommes.

— Bien sûr que c'est grave ! Elles font partie du « plus bel automne de Katy Keene » ! Je vais faire en sorte que tu réalises tous les vœux de ta liste. Commençons par une boisson à la pomme épicée de Starbucks, d'accord ? On peut la boire sur le trajet.

J'aimais KO pour de nombreuses raisons. Son dévouement soudain pour les pommes en faisait partie. Je me suis mise sur la pointe des pieds pour l'embrasser au moment même où une voiture de police a allumé sa sirène. Surpris par le bruit, KO a tourné la tête. Mes lèvres se sont écrasées contre son oreille.

— Oups ! s'est-il amusé. Je pense que tu m'as raté.

KO s'est penché en avant et m'a embrassée. Un baiser parfait, comme toujours.

Pourtant, j'avais la sensation que j'étais en train de rater autre chose.

# CHAPITRE VINGT-SIX
# Jorge

— OUBLIEZ LES CHAPEAUX MELON, a annoncé Ethan Fox. Oubliez les chaussures montantes. Oubliez tout ce que vous connaissez de *Hello Dollly !*

J'étais assis par terre dans une autre énième boîte noire du Private Theatre, entouré d'une quarantaine d'autres comédiens. J'avais hésité à rebrousser chemin dans le métro, puis dans la rue, jusque devant l'entrée du théâtre, mais je n'avais pas réussi à abandonner la perspective de ce spectacle, de travailler sur Broadway, de l'avenir que ce rôle m'ouvrirait. Une carte de l'Equity. Un agent. Ce serait peut-être le premier spectacle d'une longue carrière, celui qui me permettrait d'éviter l'étape longue et laborieuse qu'on devait tous subir si on voulait réussir. Si je décrochais ce travail, je réussirais avant même d'avoir commencé. D'après ce que m'avait glissé Ethan Fox à la fin de ma dernière audition, ce rôle était le mien. C'était quasiment certain.

Et puis, le simple fait de monter sur scène tous les soirs aurait été un cadeau. Je n'avais pas joué dans un spectacle depuis ma sortie du lycée. Cet univers me manquait. Il était peut-être possible de prendre en compte les remarques d'Ethan tout en interprétant le rôle de manière personnelle et sincère.

J'ai regardé autour de moi. On était plus nombreux que ce que j'imaginais, mais tout le monde n'était pas là pour le rôle de Barnaby. Le beau gosse des premières auditions, Kevin, n'avait visiblement pas été retenu. Une distraction de moins.

— Nous allons décortiquer le spectacle, morceau par morceau, jusqu'à ce qu'on en tire uniquement l'essentiel, a continué Ethan. La *vérité*. L'histoire d'une entremetteuse et d'un épicier, et la complexité du cœur humain.

OK. J'avais la sensation qu'il allait légèrement trop loin. J'*adorais* les gens qui allaient trop loin, mais cette fois Ethan Fox me rappelait Jiggly Caliente quand elle s'était comparée à une pomme de terre sur la scène de *Drag Race*. Je me suis retourné vers mon voisin et j'ai essayé d'interpréter sa réaction. Il avait l'air fasciné. Je n'étais pas encore conquis par ce qu'essayait de nous vendre Ethan Fox, mais tout le monde le considérait comme un génie. Un génie qui voulait que je décroche le rôle.

J'ai donc décidé de lui donner une chance.

— Fermez les yeux, s'il vous plaît, a-t-il dit en s'exécutant. Je lui ai obéi.

— Yonkers, 1890 ! a-t-il clamé. Un lieu plus sombre qu'on ne nous l'a fait croire, à deux pas d'une ville qui attire des milliers d'immigrants et d'une population de plus en plus xénophobe, qui exige des restrictions en matière d'immigration. Un bastion de la révolution industrielle. Des bas-fonds grouillants de maladies, de mort et de désespoir. Une époque gorgée d'anxiété sociale, économique et politique. Gorgée d'anxiété, *tout court*.

J'étais désormais gorgé d'anxiété, moi aussi. J'ai ouvert un œil. J'avais l'impression d'être initié par une secte. Le sol était froid contre mes jambes, exposées par mon short vert. J'ai attrapé un jogging dans mon sac et je l'ai enfilé. La personne devant moi m'a lancé un regard noir. Du calme, *chica*. Je ne fais pas de bruit. Si je voulais en faire, crois-moi, tu m'entendrais.

— Voilà la ville où s'aventurent nos héros, et où pénètre notre public. Ouvrez les yeux.

Ethan Fox a joint ses mains comme une prière.

— Notre théâtre ne sera pas un lieu de spectacle, pas comme on le connaît. Il y aura de la terre sous nos pieds, sous les pieds des spectateurs. La terre sera notre scène. Au fil de l'histoire, elle s'immiscera partout, laissant sa marque indélébile sur notre peau et nos vêtements, à l'image de la poussière de la ville il y a plus d'un siècle.

Ethan était en train de décrire le pire cauchemar de ma mère. Si je décrochais ce rôle, elle débarquerait à la première en combinaison Hazmat.

— Quant aux murs, a continué Ethan en tendant un bras, ils seront recouverts des produits de l'épicerie d'Horace Vandergelder. Mais quel est ce bruit ? Ce n'est pas seulement la nouvelle orchestration, interprétée par un banjo et un washboard. C'est aussi l'écoulement des grains de céréales, un inexorable *ploc, ploc, ploc*, synonyme du temps qui passe. Et où sont assis nos spectateurs ? Sur des chaises ? Sûrement pas ! Trop banal. Ils seront assis sur des sacs de grains, tous troués, dont le contenu s'échappe au fil du spectacle, comme celui des sacs accrochés aux murs, symbolisant l'épuisement des ressources de l'économie de la plus grande ville des États-Unis.

Je n'en revenais pas. Si je payais deux-cent-cinquante dollars pour assister à un spectacle assis sur un sac de grains troué, je ne manquerais pas de me plaindre auprès de ma placeuse.

— C'est un *Hello Dolly !* viscéral que je vous propose. Un *Hello Dolly !* que vous pourrez *sentir*. D'ailleurs, d'où vient cette odeur ? D'un ragoût qui bouillonne dans une marmite, mêlant les saveurs des immigrants européens qui se déversent dans une ville déjà fourmillante.

Est-ce que ce ragoût était une métaphore ? Ou parlait-il *vraiment* de ragoût ?

— À l'entracte, les spectateurs pourront déguster ce ragoût, servi dans des bols en étain par les comédiens.

Il parlait *vraiment* de ragoût. Très bien.

— Ils sentiront le goût du cartilage et de la moelle, représentant l'essence de l'expérience américaine.

*Mon Dieu.* Si j'avais voulu goûter à du cartilage, il m'aurait suffi de manger les restes de viande que mon frère Joaquin ramenait du travail.

— Quant à vous, mes chers comédiens, vous serez réduits à votre essence pure, vêtus de sous-vêtements déconstruits du dix-neuvième siècle.

C'était peut-être le seul détail que j'étais prêt à tolérer. Le corset m'irait à ravir.

— La chorégraphie sera audacieuse, sensuelle. Les scènes de foule seront violentes et brutales. Le défilé se transformera en bain de sang, en émeute. Des passants innocents seront piétinés par la foule. N'importe qui, à tout moment, pourra être poignardé.

Est-ce qu'Ethan Fox avait l'intention de nous *poignarder* ? Après tout, le ragoût existerait vraiment. Qu'en serait-il des couteaux ?

— Aujourd'hui, j'espère que vous serez *frappés* par l'inspiration.

Tout le monde a éclaté de rire. Cette plaisanterie ne méritait pas une telle réaction.

— *Hello Dolly !* sera bâti à partir de ma propre vision, mais comme le savent ceux qui ont déjà travaillé avec moi, le processus sera collaboratif. Ces personnages et cette production seront également *les vôtres*.

Voilà qui devenait intéressant. Il me suffirait peut-être de montrer à ces imbéciles que j'étais le Barnaby qu'ils cherchaient, pas un simple danseur. Après tout, ce n'était pas à moi de m'asseoir sur un sac de grains troué. Si Ethan Fox voulait que je serve du ragoût à la louche, je servirais du ragoût à la louche. Pour une carte de l'Equity, je servirais la ville entière.

— Cette collaboration commence dès maintenant, a annoncé Ethan. Aujourd'hui, vous allez danser, chanter et lire. Vous participerez et observerez les autres par petits groupes. Servez-vous de vos collègues comédiens. Ils sont votre meilleure ressource.

*Argh.* J'avais déjà participé à une audition de ce genre. Ce jour-là, mon professeur de théâtre au lycée avait eu un éclat de créativité. On s'était assis en cercle et, chacun notre tour, on avait récité un monologue de Shakespeare. Dans ce genre de situation, il était impossible de se détendre : il fallait être à l'écoute en permanence.

L'assistante de la dernière audition a avancé d'un pas et a lu nos noms sur une liste. On a été divisés en groupes, visiblement par rôle. Je me suis retrouvé avec des hommes aux corps de danseurs, âgés entre dix-huit et trente-cinq ans, tous de potentiels Barnaby et Cornelius. Le chorégraphe – aussitôt reconnaissable car c'était la seule personne en leggings, et également celui qui avait dirigé la première audition de danse – nous a emmenés dans un studio de danse.

Je l'ai regardé avec attention tandis qu'il décomposait la chorégraphie. Elle ressemblait à celle de *Newsies* qu'on avait travaillée au Broadway Dance Center, mais pas aux chorégraphies de *Hello Dolly !* que je connaissais – j'avais passé des heures sur YouTube à visionner les extraits de la version de Broadway et ceux chorégraphiés par Michael Kidd dans le film avec Barbra Streisand. Heureusement, ses jetés et ses sauts étaient dans mes cordes. Après le premier passage, le chorégraphe m'a demandé de me mettre au premier rang. Je n'avais pas besoin de ce geste pour savoir que j'étais meilleur que les autres. Je le savais.

Plus les minutes passaient, plus mes doutes concernant le spectacle s'envolaient. Être entouré de compétiteurs m'avait redonné envie de décrocher le rôle. Désespérément. Je me suis perdu dans la danse, dans la musique, et j'ai oublié tout ce qu'on m'avait reproché lors de mon audition. Je me suis concentré sur mes pirouettes, sur la position de mes bras. Je dansais comme si « quitter Yonkers » était la plus belle chose qui me soit arrivée. Comme si c'était mon rêve.

À la fin de la séance, on a attendu en silence pendant que des personnes chargées du casting, dont Ethan Fox, ont délibéré avec le chorégraphe. Ensuite, ils ont lu la liste des danseurs qui pouvaient rentrer chez eux. Mon nom n'en faisait pas partie. Un garçon à côté de moi a éclaté en sanglots. Par respect pour lui, je me suis retenu de crier de joie.

— Jorge Lopez ? a demandé le chorégraphe.

Je me suis dirigé vers lui, à la fois effrayé qu'il revienne sur sa décision et excité à l'idée qu'il ait peut-être décidé de me retenir sur le champ.

— Tu danses avec Jason, pas vrai ? a-t-il vérifié.

— Oui. Enfin, je suis son élève.

— Ça se voit. Beau travail.

*Cher short porte-bonheur, tu as encore réussi !*

Je suis sorti du studio, suivi par les autres Barnaby et Cornelius, quasiment convaincu que j'avais décroché le rôle. Cette carte de l'Equity était si proche que je la sentais dans ma poche.

Ensuite, on s'est rassemblés dans une pièce avec un piano et on a chanté *Put on Your Sunday Clothes*. Je n'ai pas perdu mon enthousiasme. Pendant que je chantais, Ethan Fox est entré et m'a écouté en souriant.

C'était officiel. Ce rôle m'était destiné. Si les autres Barnaby le voulaient, il faudrait qu'ils me passent sur le corps.

Enfin, on a remonté le couloir et on est entrés dans la dernière pièce, où on lirait des scènes du spectacle. C'était ce qui m'avait porté préjudice lors de ma dernière audition, mais cette fois ce serait différent. J'incarnais Barnaby depuis plusieurs heures. À ce stade, *j'étais* Barnaby. Comme lui, je voulais aller à New York. Je voulais voir cette baleine empaillée. Je voulais explorer le monde hors de Yonkers. J'étais même prêt à présenter un exposé sur l'afflux des immigrants au dix-neuvième siècle, si Ethan Fox me le demandait !

Certes, je ne transpirais pas la virilité, mais j'étais masculin à ma manière. Le fait que mes lèvres pulpeuses soient comparables à celles de Sophia Loren n'y changeait rien. Ethan Fox voulait de l'audace ? Je lui en donnerais. J'en avais à revendre. Sinon, je n'aurais pas porté de mascara bleu au bal de promo de sixième. Je serais audacieux *à ma façon*. Je serais fort *parce que* j'étais sensible.

Si Ethan Fox voulait qu'on collabore, je lui montrerais ce que j'étais capable d'apporter à ce rôle, et il prendrait conscience que c'était exactement ce dont il avait besoin. Après tout, il avait peut-être réfléchi à ce que je lui avais dit lors de ma dernière audition.

J'ai serré la main de mon partenaire de scène, j'ai souri, et j'ai commencé à lire, prêt à réaliser mon rêve.

# CHAPITRE VINGT-SEPT
## Pepper

**@PepperSmith** ✓

Soulagée d'apprendre que dans un New York de plus en plus entrepreneurial, il existe encore des lieux authentiques.

**@PepperSmith** ✓

Le @TinysJazzClub est une icône new-yorkaise, traditionnel de la meilleure manière qui soit.

**@PepperSmith** ✓

Qu'est-ce que le jazz, sinon la bande originale idéale de notre époque ?

**@PepperSmith** ✓

La vie *est* une improvisation.

**@PepperSmith** ✓

En musique comme dans la vie, nous devons briser les règles pour *créer*.

**@PepperSmith** ✅

Ce soir, la légende du jazz @MylesMcCoyJazz est en concert au @TinysJazzClub. Une escale imprévue au milieu de sa tournée. Une musique traditionnelle et *authentique*.

**@TinysJazzClub**

Nous pouvons ajouter votre nom à notre liste, Pepper. Nous serions ravis de vous voir au concert de ce soir !

**@PepperSmith** ✅

@TinysJazzClub Merci, mais ne vous avancez pas trop. Je serai là seulement si j'en ai envie.

# CHAPITRE VINGT-HUIT
## Josie

MA PALPITANTE AVENTURE NEW-YORKAISE a commencé dans le garage souterrain Big Apple Parking sur la West 11th Street. Bref, rien de bien palpitant. Tout a changé quand Pauly a donné les clés du minivan à un valet qui l'a garé dans un espace minuscule entre deux autres voitures. Mon père, Pauly et moi avons monté l'escalier qui donnait sur la rue.

Les immeubles en briques rouges, les fenêtres, les portes colorées, les escaliers de secours en fer forgé... On se serait crus dans un décor de cinéma. J'avais eu peur d'être déçue de New York, que la ville n'arrive jamais à la hauteur de mes espérances.

En réalité, elle les avait déjà dépassées.

— Bienvenue au West Village, Josie, a dit mon père en posant une main sur mon épaule. Commençons par aller à Tiny's. Ensuite, tu pourras explorer la ville.

— C'est vrai ? ai-je demandé, choquée par la liberté que mon père m'octroyait.

— Bien sûr, mais ne pars pas trop loin. Pas de visite de l'Empire State Building ni de balade sur la Cinquième Avenue...

— Et l'Apollo ? Et le Minton ? ai-je demandé en pensant, le cœur serré, à toutes les salles de concerts d'Harlem que j'avais toujours rêvé de visiter.

— Pas cette fois, a répondu mon père. Tu n'auras pas le temps. Mais tu as bon goût, Josie. Tu es définitivement ma fille.

Voilà qui était nouveau. En général, mon père insistait sur nos différences, pas sur nos points communs. Comme sa passion pour le jazz et mon amour de la pop, ou son professionnalisme et mon « manque de concentration ». J'étais heureuse qu'il voie la musique comme un lien qui nous rapprochait, car cet homme vivait pour la musique.

— Je suis content de rejouer à Tiny's, m'a confié mon père. Dommage que Boone n'ait pas pu se joindre à nous à New York avant de rejoindre la tournée. Il aurait compris à quoi ressemble un concert de Myles McCoy.

Boone avait prévu de nous rejoindre à Virginia Beach, puis il nous suivrait dans le Sud.

Je n'arrivais toujours pas à y croire.

— Il a assisté à notre concert de Toledo, ai-je rappelé à mon père.

— Tout le monde joue mieux à Tiny's, Josie, a dit Pauly en me faisant un clin d'œil. Tu verras.

— Boone est doué, a admis mon père. Je ne comprends pas son attrait pour la country, mais il a une belle voix. Enfin, tout ce qui compte, c'est le talent, et ce jeune en a à revendre.

J'étais d'accord. Je n'étais pas sensible à ce genre de musique, moi non plus, mais la vérité était indéniable : Boone Wyant avait une *voix*. Le simple fait de repenser à lui sur scène m'a donné des frissons.

— Est-ce que tu penses qu'il nous aidera à remplir les salles ? ai-je demandé à Pauly pendant que mon père jetait un œil à son portable.

— Boone ? a demandé Pauly. Bien sûr. D'un point de vue financier, c'est une excellente décision. Le public n'a pas été au rendez-vous ces derniers temps. Il était logique de diversifier nos concerts, surtout avec quelqu'un de connu dans la région.

Si les concerts de jazz de mon père étaient tout à coup envahis de fans de Boone Wyant en mini-shorts en jean, je mourrais de rire.

On est passés devant une pizzeria, un bar qui portait le nom étrange de Molly's Crisis, et un comedy club. Quand on s'est retrouvés face à la fameuse banne noire avec sa trompette, j'ai su qu'on était arrivés à Tiny's. Mon père a poussé la porte noire dans le mur en briques rouges, et on a emprunté l'escalier menait au sous-sol.

Pour un temple du jazz, le lieu était minuscule. Le plafond était bas et la salle était morcelée par des poutres de support. La scène était située au fond du club, contre un mur en briques peint en noir. C'était une simple estrade, qu'on pouvait à peine qualifier de scène.

Je suis tombée amoureuse du lieu. Le club n'était pas aussi élégant que La Bonne Nuit, mais le fait de me retrouver dans un sous-sol dédié à la musique m'a donné l'impression d'être rentrée à la maison. L'obscurité paisible de la salle m'a enveloppée comme un câlin.

— Myles McCoy !

Une dame noire au crâne rasé, plus âgée que mon père, est apparue derrière le bar. Ses boucles d'oreilles à pompons ont balancé de gauche à droite tandis qu'elle posait une caisse remplie de verres propres.

— Quand est-ce que tu t'installes à New York ? a-t-elle demandé. Tu n'as toujours pas l'intention d'arrêter les tournées ?

— Pas encore, Shirley, a répondu mon père en la serrant dans ses bras. J'ai encore de l'énergie pour parcourir quelques kilomètres.

— Je doute que les habitants de Peoria t'apprécient autant que moi, a plaisanté Shirley. Ravie de te revoir, Pauly. J'espère que tu prends soin de notre star.

Elle a enlacé Pauly et lui a tapoté le dos.

— Bien sûr, a-t-il répondu. C'est le meilleur.

— Et tu dois être Josie, a-t-elle deviné en se plantant devant moi. Je suis Shirley, la propriétaire de ce club. Tu es magnifique. Si ta voix est aussi belle que toi, tu vas devenir une star en un rien de temps.

— C'est mon intention, ai-je avoué.

— Parfait, a-t-elle dit en souriant. J'aime les femmes ambitieuses. Surtout celles qui ont bon goût en matière de boucles d'oreilles.

— Merci, ai-je dit en touchant mes créoles préférées.

Le bandeau argenté dans mes cheveux les mettait en valeur. D'ailleurs, la légère pression du bandeau sur mon crâne me rappelait l'époque où je portais mes oreilles de Pussycat. Avec mes oreilles de chat, je m'étais toujours sentie invincible.

Ou peut-être était-ce seulement dû à la présence de Val et Melody à mes côtés.

Je savais que le contrôle créatif que j'avais exercé avait causé des tensions au sein du groupe, mais cette période de ma vie me manquait. Avec mon père, je n'avais *aucun* contrôle.

— Est-ce que tu aimerais chanter en première partie de ton père ce soir ? a proposé Shirley. En solo ?

Je n'en croyais pas mes oreilles. Mon père ne m'avait jamais proposé d'ouvrir ses concerts. D'ailleurs, avant qu'on quitte Riverdale, il m'avait fait comprendre que cela n'arriverait *jamais*. La star, c'était lui. Moi, j'étais sa choriste. Si j'avais osé lui proposer de chanter une chanson que j'avais choisie, il m'aurait accusé d'être une diva et m'aurait suggéré de trouver d'autres musiciens avec qui tourner. Ce qui n'était pas près d'arriver.

— Moi ? ai-je bafouillé. Vraiment ?

J'aurais aimé voir la tête de mon père, mais j'ai évité son regard. J'avais trop peur de sa réaction.

— Oui, toi, s'est amusée Shirley. Je n'ai pas posé la question à Pauly.

— Pourquoi pas, Shirl ? a plaisanté Pauly. J'ai fait des progrès en jonglage. Je suis prêt à tenter ma chance.

— Vous ne m'avez même pas entendue chanter, lui ai-je rappelé.

— Dans ce cas, j'aimerais beaucoup t'entendre, a conclu Shirley.

Mon père ne s'était pas encore interposé. Je m'attendais à ce qu'il mette fin à la conversation, mais pour l'instant il restait silencieux.

Shirley s'est dirigée vers la scène et s'est assise derrière le piano droit noir collé au mur. Je l'ai suivie. Même sans la lumière des projecteurs et avec les néons fluorescents du bar, le simple fait de me retrouver derrière un micro rendait cet instant magique. Pauly s'est assis à une table au premier rang, le sourire aux lèvres. Mon père est resté debout, le visage impassible.

— Est-ce que vous connaissez *Remember Me*, de Diana Ross ? ai-je demandé à Shirley.

Si je voulais devenir la prochaine Diana Ross, autant chanter une de ses chansons.

— Je la connais bien, a ricané Shirley. Je l'ai même vécue, ma belle.

Elle a joué l'introduction. J'ai fermé les yeux, et j'ai chanté.

— *Bye, Baby. See you around...*

La musique et ma voix ont rempli la salle. J'ai ignoré le fait que mon père m'écoutait, et je me suis contentée de chanter cette chanson que j'aimais tant.

À la fin du morceau, le bar était plongé dans le silence.

— On a trouvé ta première partie, Myles, a déclaré Shirley. C'était magnifique, Josie.

Mon père ne souriait pas, mais j'avais l'impression que les coins de sa bouche étaient un brin plus hauts que d'habitude.

— Cinq chansons, pas plus, a-t-il décidé. Et je t'en prie, ne chante pas des choses qui feront fuir les spectateurs.

— Merci pour ta confiance, papa, ai-je dit en levant les yeux au ciel.

— Donne-moi une liste de ce que tu aimerais chanter, a repris Shirley. Il y a du papier et des crayons derrière le bar. Le groupe du club t'accompagnera. Et ne te sens pas obligée de choisir des chansons populaires. Ils connaissent tout le répertoire sur le bout des doigts.

*Incroyable.* Mon premier concert solo, à New York ! Certes, je ne chanterais que cinq chansons, en première partie de mon père, mais c'était mieux que rien. Et j'avais le droit de choisir les morceaux que je voulais ! J'avais même un après-midi libre qui m'attendait, dans une ville mille fois plus intéressante qu'un Comfort Motel !

J'ai laissé mon père, Pauly, Shirley et ma liste dans le club, et j'ai monté l'escalier en sautillant.

J'ai mangé une part de pizza délicieuse qui m'a seulement coûté quatre-vingt-dix-neuf centimes. Je me suis promenée dans Washington Square Park, où j'ai écouté une femme jouer du violon. J'aurais sûrement pu choisir des activités plus trépidantes, mais tout ce que j'avais envie de faire, c'était me promener dans la ville. J'ai traversé le parc, exploré les rayons d'un disquaire et de quelques boutiques indépendantes, et j'ai dégusté un cupcake pastel, assise sur le perron d'une maison qui coûtait sûrement plus cher que toutes les maisons de Riverdale additionnées.

C'était peut-être la magie de New York. Ma simple présence, entourée des habitants et de l'énergie de la ville, me donnait l'impression de *faire* quelque chose.

D'être *quelqu'un.*

Je suis arrivée à Tiny's à temps pour le début du concert. Tandis que je retouchais mon maquillage dans la minuscule loge, j'entendais la salle se remplir, les éclats de voix et les rires des spectateurs. Shirley m'a annoncé qu'il me restait cinq minutes.

J'ai attendu en coulisses, jeté un œil entre les rideaux. Le club était bondé. Shirley m'a présentée, puis je suis montée sur scène d'un pas assuré, sous les applaudissements du public.

— Bonsoir, New York ! ai-je lancé en ajustant mon micro.

Des cris d'encouragements ont retenti. Comme à la maison.

# CHAPITRE VINGT-NEUF
# Katy

CETTE FOIS-CI, J'ÉTAIS SEULE DANS l'ascenseur.

Sûrement parce que j'étais excessivement en avance.

Les portes se sont ouvertes au sixième étage. J'ai remonté le couloir à toute vitesse. Quand je suis entrée dans la pièce, j'ai poussé un soupir de soulagement. Ma robe était toujours sur son portant, ainsi que les tenues des autres participants. La veille, j'avais tellement paniqué à l'idée de défiler que j'étais partie de Lacy's sans me demander si on devait laisser nos tenues sur place.

Je n'étais toujours pas enthousiaste à l'idée de monter sur le podium, mais je me sentais moins stressée. Mon pseudo-entraînement avec Jorge sur la scène de Molly's Crisis m'avait rassurée. J'avais aussi regardé les émissions de téléréalité qu'il m'avait conseillées. Sans oublier le trajet avec KO, qui m'avait vraiment détendue. Je me sentais toujours plus calme à ses côtés.

KO avait peut-être raison. Tout irait bien.

Les autres stylistes ont commencé à arriver. Au total, on était six. J'ai salué Deja d'une main pendant qu'elle enlevait son manteau, révélant un chemisier avec un nœud papillon en forme d'*oreilles* de chats, recouverts de *têtes* de chats. J'adorais son inspiration féline.

Enfin, Rex London est entré avec Andy, qui lui emboî-tait le pas, son carnet à la main. Ce jour-là, Rex portait un costume sans cravate et une chemise à motif floral avec une poche carrée en vichy. Il était peut-être temps que j'apprenne à mélanger les motifs sur mes propres créations. J'adorais le résultat.

— Désolé d'avoir coupé court aux essayages d'hier, s'est excusé Rex. Un conseil, mes chers bébés stylistes : ne travaillez pas à la télévision. C'est un enfer !

On a hoché la tête, comme si on avait tous reçu des offres d'emploi de la part de chaînes de télévision. Ce qui était peut-être le cas de certains de mes camarades. J'ai repensé à ce qu'Andy m'avait glissé à propos de leur présence sur les réseaux sociaux. Mon complexe d'infériorité a ressurgi, mais j'ai essayé de l'ignorer. Jorge m'avait rappelé que ce qui diffé-renciait un bon mannequin d'un mauvais mannequin, c'était la confiance. Il fallait que je fasse *mine* de savoir ce que je faisais.

— Cette technique est imparable, Katy, avait-il insisté. Comme cette fois où j'ai annoncé que je maîtrisais les cla-quettes à mon audition de *Chorus Line*. Est-ce que c'était vrai ? Non. Mais je leur ai dit que j'en étais capable, et j'ai fait des claquettes. À la fin des auditions, j'avais gagné en expérience.

— J'en suis capable, ai-je murmuré. J'en suis capable.

Il suffisait que je fixe un point devant moi et que je marche. Rien de plus.

En guise de motivation, j'avais regardé un extrait de *Chorus Line* sur YouTube. J'avais d'ailleurs été inspirée par les jus-taucorps des années 1980, absolument mémorables.

Rex London a tapé dans ses mains.

— Aujourd'hui, a-t-il clamé, vous allez essayer vos créations ! Je vous donnerai quelques conseils de dernière minute, puis nous allons répéter le défilé, dans l'ordre. Le véritable défilé aura lieu en bas, dans le hall d'entrée.

Dans le hall d'entrée ? Génial ! Je n'arrivais toujours pas à croire que mon premier défilé aurait lieu chez Lacy's, un endroit qui m'était cher depuis que j'étais toute petite.

J'aurais juste préféré que quelqu'un d'autre défile à ma place. Un vrai mannequin. Quelqu'un qui savait mettre une tenue en valeur. Je n'avais pas droit à l'erreur. Si je trébuchais chez Lacy's, j'aurais tellement honte que je ne remettrais plus jamais les pieds dans le magasin, ce qui était inimaginable.

Avant d'en arriver là, il fallait déjà que je survive aux essayages. Rex London n'avait pas encore vu ma robe. J'espérais qu'elle était plus belle que dans mes souvenirs. J'avais passé tellement de temps à travailler dessus et à la critiquer que je ne savais plus si elle était réussie ou ratée.

Je me suis assise à côté de Deja. Rex nous a appelés chacun à notre tour. Plus les minutes défilaient, plus j'étais nerveuse. À mes yeux, les costumes, les robes et les combinaisons de mes camarades étaient parfaits et professionnels, mais Rex trouvait toujours un détail à reprendre. Il n'était pas méchant, seulement sincère, mais le stress montait peu à peu.

Deja est montée sur l'estrade. Sa tenue ressemblait à une combinaison de vol en soie émeraude, imprimée avec des motifs de léopards et de fleurs exotiques. La taille était parfaitement cintrée. Quand elle a précisé qu'elle avait sérigraphié la tenue elle-même, j'ai failli tomber de ma chaise. Ils étaient tous tellement doués. Étais-je à la hauteur ?

— Katy Keene ! a lancé Rex. Notre dernière styliste. J'ai hâte de découvrir ce que vous nous avez préparé.

— Vraiment hâte ! a renchéri Andy en applaudissant.

J'ai emporté ma housse à vêtements dans la zone d'essayage installée dans un coin de la pièce, derrière un paravent. J'ai commencé à me déshabiller.

— J'ai conscience que vous avez eu moins de temps que les autres, a précisé Rex tandis que j'enfilais ma robe, et que je n'ai pas pu vous donner de conseils au fil de votre travail.

Les mains tremblantes, j'ai tiré sur la fermeture éclair. J'étais une véritable boule de nerf. Les conseils de Jorge ne suffiraient pas à me donner confiance.

Je suis sortie de derrière le paravent. Le visage de Rex s'est décomposé, une réaction qui n'était clairement pas synonyme d'émerveillement.

— Voilà ! ai-je bafouillé en montant sur l'estrade.

J'ai essayé de paraître sûre de moi, mais c'était peine perdue. Ce n'était pas l'audition d'une adaptation lycéenne de *Chorus Line*. C'était moi, dans une robe, chez Lacy's, devant sept personnes qui me jugeaient. J'étais habillée, mais je me sentais nue.

Rex London a croisé les bras, froncé les sourcils. À ses côtés, Andy l'a imité.

— Qu'est-ce que c'est… exactement ? a demandé Rex.

Une question que j'aurais préféré ne pas entendre.

— C'est… une robe ? ai-je répondu en tirant sur un fil imaginaire.

— Intéressant, a commenté Rex. En êtes-vous sûre ? Parce que je vois un décolleté à encolure haute avec un détail floral. Je vois des manches cloches en mousseline de soie. Je vois un débardeur à motif écossais. Je vois une jupe plissée. Je vois un ensemble d'éléments arbitraires, certes bien construits, qui ne s'accordent pas les uns avec les autres. Mais je ne vois pas une *robe*.

J'ai expiré lentement en retenant les larmes qui menaçaient de couler.

Je m'attendais à ce que ma présentation se passe mal.

C'était encore pire que ce que j'avais imaginé.

Plantée sous l'éclairage peu flatteur du magasin, j'ai pris conscience, pour la première fois, de la laideur de ma robe. Certes, l'assemblage d'éléments incongrus avait plus d'une fois permis de révolutionner la mode – comme les imprimés nés dans les années 1960, ou les mélanges de motifs que Rex affectionnait tant – mais en ce qui concernait ma robe, il n'y avait rien à défendre. Elle n'était pas intentionnellement incongrue. Elle n'était intentionnellement rien.

Pire encore : elle ne me ressemblait pas. Alors que j'inspectais mon reflet dans le miroir, j'ai eu la sensation de porter une tenue conçue par une inconnue.

J'étais prête à entendre les murmures critiques des autres participants, mais la pièce était plongée dans le silence, ce qui était encore plus humiliant. Malgré la moquette, on aurait pu entendre une aiguille tomber.

— Dites-moi, Katy Keene, a repris Rex. Est-ce que Veronica Lodge a *vu* les vêtements que vous concevez ? Je connais bien Veronica. C'est un modèle de style qui pour rien au monde ne porterait une telle atrocité.

J'ai baissé la tête, terrifiée à l'idée de voir la pitié ou, pire, le dédain sur leurs visages.

— Non, ai-je murmuré. Enfin, si. Veronica a vu mes créations, mais elle ne porterait pas cette robe.

— *Personne* ne porterait cette robe, a conclu Rex en fermant les yeux et en se pinçant le nez. Descendez de l'estrade, s'il vous plaît. Voir cette monstruosité sous trois angles différents dans le miroir m'a déclenché une migraine.

— Heureusement que tout est dématérialisé, a dit Andy en sortant un paquet d'aspirine de sa poche. Je peux retirer mademoiselle Keene du programme avant le défilé. Je peux même le faire dès maintenant...

— Non, non, a soufflé Rex.

Il a repoussé le paquet d'aspirine qu'Andy lui tendait, puis il s'est affalé dans son fauteuil, un bras sur l'accoudoir, en me regardant comme si j'étais la pire chose qui soit arrivée au milieu de la mode depuis l'invention des jeans taille basse.

— Je ne veux rien changer maintenant, a-t-il décidé. Je préfère éviter les spéculations des blogueuses. Contentons-nous de ne pas l'inclure au dernier moment. Sauf si... Sauf si vous pensez être capable de sauver cette tenue, Katy ?

Il a levé un sourcil. Andy était clairement outré.

— Vous plaisantez, a-t-il grommelé. Vous voyez la même chose que moi, n'est-ce pas ? La même superposition de tendances ringardes ?

— Mademoiselle Keene est peut-être de ces créatifs qui travaillent mieux sous pression.

— J'en suis capable, ai-je assuré.

En étais-je *vraiment* capable ? Ma mère aurait su quels éléments garder et lesquels jeter. Elle aurait su rendre ma robe unique. Moi ? Je n'en avais aucune idée, mais je refusais de laisser s'échapper cette chance sans avoir essayé une dernière fois.

— On n'a rien à perdre, a expliqué Rex en haussant les épaules. Katy, rendez-vous ici une heure avant le début du défilé. Si votre tenue est réussie, vous défilez. Si elle est ratée, je ne veux plus jamais entendre le nom « Katy Keene » pour le restant de ma vie. Compris ?

— Compris, ai-je répondu. Je vais y arriver. Je vous le promets. Merci de me donner une seconde chance. Je sais que je ne la mérite pas.

— Peut-être, a-t-il dit, mais le concept de « mérite » ne m'a jamais intéressé. Qui « mérite » quelque chose dans la vie, vraiment ?

J'ai hoché la tête comme si je comprenais où il voulait en venir, mais mon cerveau était trop occupé à fondre de honte, incapable de se concentrer sur la nature du mérite au sein de l'humanité.

— À ta place, je me changerais avant de partir, a-t-il ajouté. On ne veut pas faire fuir les clients.

Renvoyée sommairement, j'ai disparu derrière le paravent et je me suis changée. Rex a commencé à mettre en scène le défilé et à définir l'ordre de passage. Peu à peu, la pièce a retrouvé son volume sonore habituel.

Je me suis retenue de pleurer en enfouissant ma robe affreuse dans sa housse, en prenant l'ascenseur et en traversant le magasin mais, dès l'instant où mes pieds ont touché le trottoir, j'ai éclaté en sanglots. J'avais gâché une occasion unique. C'était une catastrophe.

Je me suis assise sur le rebord d'un pot de fleurs dont les plantes estivales avaient fané et seraient bientôt remplacées par des petits sapins de Noël. J'ai levé la tête et admiré la vitrine de Lacy's. Je n'arrivais pas à croire que quelques jours plus tôt je m'étais tenue au même endroit avec KO, remplie d'optimisme, prête à vivre le plus bel automne de ma vie.

Cet automne était en train de prendre une toute autre tournure. Avais-je le niveau pour devenir styliste professionnelle ? S'il m'arrivait une chose pareille la première fois que je travaillais dans le milieu, il était peut-être temps d'abandonner mes rêves. Avec un peu de chance, le poste d'Howie le Sandwich serait encore disponible. C'était visiblement la seule carrière qui me correspondait.

J'ai attrapé mon portable en soupirant. J'ai hésité entre faire appel à la compassion de KO ou aux encouragements de Jorge, mais j'ai vite pris conscience que je ne voulais pas leur parler. J'avais honte de leur raconter ce qui s'était passé. Cela rendrait la situation encore plus réelle.

Il n'y avait qu'une seule personne avec qui je voulais discuter, et elle n'était plus là.

*Qu'est-ce que je donnerais pour avoir une minute de plus avec ma mère...*

Voilà pourquoi je ne m'en sortais pas. C'était la première tenue que je créais entièrement depuis la mort de ma mère. Sans ses commentaires, ses suggestions, son regard sur mes croquis ou son aide sur un pli particulièrement complexe, la tâche me semblait impossible. J'avais besoin d'elle, pas seulement pour cette robe, mais pour tout le reste. Elle avait été à mes côtés de ma première taie d'oreiller ratée à la construction élaborée de ma robe de bal. À la fin, elle était trop faible pour s'asseoir derrière sa machine à coudre, mais son œil était plus aiguisé que jamais. Elle avait fait de moi la styliste que j'étais – et elle représentait celle que je rêvais de devenir.

Étais-je capable de réussir sans elle ?

J'en doutais, mais je savais qu'elle aurait voulu que j'essaie.

J'ai essuyé mes larmes avec ma manche, trop triste pour me soucier des traces de mascara sur le tissu rouge de mon manteau. Je me suis levée. Ma mère n'était plus là, mais une partie d'elle était encore près de moi. Celle vers laquelle je me tournais quand plus rien n'avait de sens.

Ma housse sous le bras, je me suis dirigée vers la bouche de métro, prête à rentrer chez moi.

Il était temps de retrouver ma machine à coudre.

# CHAPITRE TRENTE
## Jorge

J'AI PINCÉ MON CHAPEAU MELON imaginaire entre mon pouce et mon index et agité le reste de ma main. Il n'y avait rien de mieux que Fosse et mon cours de comédie musicale au Broadway Dance Center pour me distraire en attendant de savoir si ma vie était sur le point de changer.

— Natalie ! a crié Jason Bravard. J'ai demandé des doigts à la Fosse ! Et Jorge, pointe tes pieds ! La hauteur de tes jetés ne compte pas si tes pieds sont moches !

*Pointe tes pieds. Main à la Fosse. Concentre-toi.*

J'avais laissé mon portable allumé, avec la sonnerie au maximum. C'était malpoli, mais je ne voulais pas rater un appel de l'équipe de *Hello Dolly !* De temps en temps, je jetais un œil vers mon sac silencieux. Si mon téléphone se mettait à sonner au milieu d'un cours, il fallait que ce soit pour une bonne nouvelle, sinon, Jason Bravard serait impitoyable.

J'ai pris la dernière pose, coudes rentrés, bras plaqués, doigts écartés.

— Encore une fois ! a annoncé Jason.

Tout le monde a grogné. J'ai essuyé la sueur qui dégoulinait sur mon front avec mon tee-shirt, et je me suis mis en position.

Une chorégraphie plus tard – durant laquelle j'ai pris soin de pointer les pieds – le cours était terminé. J'ai suivi le reste des élèves jusqu'à nos sacs et j'ai attrapé ma bouteille d'eau. Alors que j'étais en train de boire ma première gorgée, mon portable s'est mis à sonner. Le cœur battant, j'ai sorti mon téléphone, enfoui dans mon sweat-shirt. J'ai jeté un œil à l'écran. C'était un numéro inconnu, avec un indicatif téléphonique new-yorkais. *Que mierda.* C'était soit un démarcheur, soit l'appel que j'attendais. Les mains tremblantes, accroupi devant mon sac, j'ai décroché.

— Allô ?

— Bonjour, a dit une voix féminine. Jorge Lopez ?

— Oui ! ai-je couiné. Pardon. Oui. C'est lui-même.

Je me suis ressaisi aussi vite que possible, comme si j'avais l'habitude de recevoir des appels de bureaux de casting.

— Parfait, a-t-elle repris. Je vous appelle pour vous informer que, malheureusement, nous avons décidé de changer de direction.

— Vous avez... quoi ?

J'avais réussi mon audition. Ils avaient ri pendant ma scène. Personne ne m'avait accusé d'être trop « sensible ». Ils m'avaient gardé pendant des heures et m'avaient fait lire avec plusieurs Cornelius, comme s'ils réfléchissaient à qui choisir face à *moi*. Comme si j'avais déjà été retenu ! Et voilà qu'ils m'*appelaient* pour m'informer que je n'avais *pas* décroché le rôle ? Comment était-ce possible ? D'habitude, quand je n'étais pas choisi, on ne prenait pas la peine de me rappeler.

— Ethan cherchait quelqu'un d'un peu plus... subversif pour Barnaby.

— C'est vrai qu'un personnage dont l'expression préférée est « saperlipopette » est connu pour son esprit subversif, ai-je lancé d'un ton sec.

C'était plus fort que moi. J'étais énervé, mais je savais qu'il ne fallait surtout pas se brouiller avec les directeurs de casting, au risque de se tirer une balle dans le pied. Quel idiot. Je me suis mordu la langue tandis que le silence au bout du fil s'éternisait. Pendant cette pause, j'ai eu le temps de mourir, de me réincarner, de vivre dix-huit ans de plus, et de me retrouver au même endroit, mon portable à la main.

— Merci de votre compréhension, a-t-elle conclu avec froideur.

Puis elle a raccroché.

Je n'y comprenais rien. Tout ce qui aurait découlé de ce spectacle — une carte de l'Equity, un agent, un travail sur Broadway — s'était envolé en l'espace de quelques secondes. J'ai enfoui ma tête entre mes mains et fermé les yeux.

— J'imagine que ce n'est pas l'appel que tu attendais, a deviné Jason Bravard d'un air compatissant. C'était *Hello Dolly !* ?

— Oui, ai-je marmonné en enfilant mon sweat-shirt. Tant pis. Il y aura d'autres occasions.

Ce n'était pas du tout ce que je ressentais. J'avais l'impression que mon monde venait de s'effondrer. Parfois, mes performances de comédien étaient encore meilleures dans la vraie vie que sur scène. Comme à cet instant précis, alors que j'essayais de ne pas perdre la face devant mon prof de danse talentueux et probablement plus « subversif » que moi. On n'avait sûrement jamais reproché à Jason Bravard d'être « trop sensible ». Sauf peut-être s'il avait postulé à la marine de guerre, et encore, il aurait eu ses chances. Je n'avais jamais vu de soldat de la marine effectuer un fan kick.

— Bien sûr qu'il y en aura d'autres, m'a rassuré Jason. Je sais que ce n'est pas ce que tu as envie d'entendre aujourd'hui, mais tu es jeune, Jorge. Très jeune. Tu as le temps. Ce n'est que le début.

— Merci.

La bienveillance de Jason me rendait encore plus triste. Je me sentais plus à l'aise quand il critiquait la position de mes pieds. S'il pensait que j'avais besoin de réconfort, c'était que je devais avoir l'air *vraiment* pathétique.

— Continue à venir à mon cours, OK ? a-t-il lancé tandis que je sortais du studio. Et continue à passer des auditions !

La dernière chose que je voulais faire, c'était passer une autre audition. J'avais juste envie de me mettre en jogging, de manger des Cheetos et de regarder des gens pleurer sous leurs faux cils à la télé. Je ne voulais plus entendre parler d'Ethan Fox, ni de *Hello Dolly !,* ni de Broadway.

Alors que je m'apprêtais à sortir du Broadway Dance Center, j'ai reconnu une silhouette familière filer dans la rue. Surpris, j'ai poussé la porte et remonté le trottoir en courant.

— Papa ? ai-je demandé, confus. Qu'est-ce que tu fais à Times Square ?

Il s'est arrêté, l'air gêné, comme si je l'avais surpris en train de faire quelque chose d'illégal.

— J'avais un rendez-vous sur la Neuvième Avenue, a-t-il répondu.

— Ah…

Pendant quelques secondes, j'avais cru qu'il était venu me voir *moi*, qu'on irait manger à Helen's Moonbeam Diner après mon cours de danse, comme quand j'étais petit. Mon père détestait les serveuses qui chantaient, mais il savait à quel point j'adorais cet endroit. Et puis, il était prêt à tout pour une bouchée de leur Blue Suede Burger.

Mon père s'est raclé la gorge, de plus en plus mal à l'aise.

— Et si on prenait le métro ensemble ? a-t-il suggéré.

— OK.

Il aurait clairement préféré se faire dévitaliser dix dents plutôt que de faire le trajet avec moi. Pourquoi l'avais-je rattrapé ? J'aurais dû attendre à l'intérieur, le temps qu'il passe. J'aurais pris le métro seul, et j'aurais pleuré en paix en écoutant *Dear Evan Hanson*.

Je n'avais pas décroché le rôle. Je n'arrivais pas à y croire.

Contre toute attente, je me retrouvais à descendre la 42ᵉ Rue avec mon père. C'était la conversation la plus longue qu'on ait eue depuis des mois, voire des années.

— Ta mère m'a dit que tu passes des auditions pour un spectacle.

Formidable. Exactement le sujet dont j'avais envie de discuter avec mon père : mon échec.

— J'*ai passé* des auditions, ai-je précisé. Je n'ai pas été retenu.

*Je n'ai pas été retenu.* La phrase tournait en boucle dans ma tête.

— Désolé de l'apprendre, a commenté mon père.

Le vent s'est levé. J'ai enfilé ma capuche. Mon père a enfoui son menton dans son col, comme une tortue.

— Peu importe, ai-je marmonné. Tout va bien.

C'était faux. Rien n'allait bien dans ma vie. Le rôle m'avait échappé, mon père était un étranger, et aucun de nous ne disait ce qu'il pensait. Est-ce que le reste de nos vies ressemblerait à ça ? Des conversations polies, qui ignoraient le fait

# CHAPITRE TRENTE ET UN
# Pepper

L'ASCENSEUR S'EST OUVERT AU NIVEAU du bar sur le toit, une petite merveille urbaine. La ville s'étalait à perte de vue devant nous. Les lumières de millions de fenêtres scintillaient. Ce toit ressemblait à un endroit où Alice aurait pu se retrouver suite à sa chute dans le terrier. Il y avait des plantes partout, des guirlandes et des canapés confortables. Ce n'était pas aussi haut que l'Empire State Building ou le One World Trade Center, mais on voyait une bonne partie de la ville, et l'ambiance compensait largement la hauteur.

— Bienvenue au toit du 550, mademoiselle Smith, a annoncé l'opérateur de l'ascenseur. Il est réservé à votre nom pour la soirée. J'espère que vous passerez un bon moment.

— J'en suis certaine, ai-je répondu en souriant. Merci beaucoup.

— Waouh.

Jules m'a rejointe dehors. Ses longs cheveux blonds tombaient en cascade sur son dos. On était ensemble depuis peu de temps, mais je savais qu'elle n'aimait pas particulièrement se mettre sur son trente-et-un. Elle était magnifique dans son jean noir et sa veste en cuir.

— J'espère que tu me pardonneras de nous faire rater le concert à Tiny's, ai-je dit.

qu'il n'approuvait pas ma sexualité ? Qu'il ne m'approuvait pas *moi* ? Que se passerait-il quand j'inviterais un garçon à la maison ? Quand je tomberais amoureux ? Quand je déciderais de me marier ? Un jour ou l'autre, mon père serait obligé de faire un choix : s'il voulait me garder dans sa vie, il fallait qu'il m'accepte *entièrement*.

Je n'aurais jamais dû rentrer à la maison. Ce semblant de cohabitation, à faire mine que tout allait bien, était trop douloureux. En même temps, je n'avais pas envie de couper les ponts. J'avais besoin de lui pour avancer, mais je ne savais pas comment m'y prendre. L'avenir de notre relation ne dépendait pas que de moi. C'était trop lourd.

— Tu sais quoi ? ai-je lancé. J'ai oublié quelque chose au Broadway Dance Center.

— Jorge...

— À plus tard.

Je lui ai tourné le dos et je suis parti en courant. Je ne voulais pas qu'il me voit pleurer. Il avait passé sa vie à me répéter que « les garçons ne pleurent pas ». Je n'avais pas besoin de l'entendre à nouveau.

— On se voit à la maison ! a-t-il crié tandis que je disparaissais dans la foule de touristes qui se dirigeaient vers Times Square.

La maison.

Je ne m'étais pas senti chez moi là-bas depuis très, très longtemps. J'avais du mal à croire que cela arriverait à nouveau un jour.

J'avais prévu d'emmener Jules au concert de Myles McCoy
– j'adorais ce minuscule club de jazz – mais à la dernière
minute Ethan Fox m'avait donné rendez-vous pour discuter
de son prochain spectacle. Ces gens du théâtre n'avaient
aucune notion du temps. J'avais cru qu'il voulait me parler
de la pièce de théâtre que j'avais écrite, traitant du fait que
la révolution russe aurait été différente si Anastasia avait eu
accès à Snapchat, mais ce n'était pas le cas. Il m'avait raconté l'expérience qu'avaient vécu les immigrants à Yonkers
dans les années 1890, une tentative futile de me convaincre
de financer une partie de son adaptation de *Hello Dolly !*.
Franchement, si j'avais envie de manger du ragoût assise sur
un sac de grains, produire une comédie musicale n'était pas
nécessaire.

— Tu plaisantes ? a lancé Jules. Avec tout le respect que
je dois à Myles McCoy, il ne fait pas le poids face à cette
vue. Regarde ! L'Empire State Building !

— Bien vu.

Ensemble, on s'est dirigées vers la rambarde. La flèche de
l'Empire State Building était illuminée en bleu, pour une raison
que j'ignorais. Peut-être en rapport avec un sport.

— J'adore cette ville, a murmuré Jules. Elle est tellement
belle.

— C'est toi qui es belle.

J'ai tourné la tête vers elle, et on s'est embrassées. J'avais
eu tellement de chance de la rencontrer à Central Park. Jules
était en train de courir, et moi d'admirer les feuilles d'automne, un macchiato et un croissant aux amandes Kayser
à la main. Jules était passée tellement vite que je n'avais vu

qu'une queue-de-cheval floue, mais elle m'avait *remarquée*. Elle s'était arrêtée quelques mètres plus loin et s'était étirée en m'attendant. On s'était mises à discuter, et depuis on ne se quittait plus.

Grâce à elle, mon séjour à New York était encore plus agréable que prévu.

— Cet endroit est sublime, Pepper, a-t-elle soupiré.

Elle a enroulé ses bras autour de ma taille et blotti son menton contre mon cou. Le vent faisait danser ses cheveux contre ma joue. Ils me chatouillaient tandis qu'on admirait la vue.

— C'est fou, a-t-elle ajouté. J'ai vécu à New York toute ma vie, mais je n'ai jamais vu une chose pareille.

— Tu habites dans le *Queens,* lui ai-je rappelé. Ce n'est pas New York.

Jules s'est aussitôt écartée de moi.

— Attention à ce que tu dis ! a-t-elle déclaré en souriant. Je ne suis pas susceptible, mais ne manque pas de respect à mon quartier. Je sortirai les poings s'il le faut.

— Compris, ai-je répondu en tendant un bras, sous lequel elle s'est glissée. Ne m'attaque pas, s'il te plaît. Je n'ai pas envie de mourir.

— Tu devrais venir à Astoria avec moi le week-end prochain. Je pourrais te montrer d'où je viens.

— Mmh, ai-je marmonné d'un air évasif.

Le fait de me rendre dans un arrondissement à l'extérieur de la ville, même au bras musclé de Jules, ne me remplissait pas de joie.

— On pourra manger au restaurant grec en bas de la rue, a-t-elle continué. Tout est délicieux là-bas. Je suis sûre que tu n'as jamais rien mangé d'aussi bon.

— Je ne sais pas. J'ai partagé un bar grillé avec Alessandra Ambrósio à Mykonos, qui m'a quasiment transportée sur une autre planète…

— Pff, a soufflé Jules. Oublie Mykonos ! Mon restaurant est mille fois meilleur. Ils servent des frites grecques avec de la feta et de l'origan. Ensuite, on ira boire un milk-shake au Starlite, et je pourrais peut-être… te présenter à ma mère.

Elle essayait de paraître détendue, mais je savais que cette idée lui tenait à cœur, ce qui me rendait d'autant plus nerveuse. Je n'étais pas le genre de fille qu'on « présentait à sa mère ». J'avais entamé cette relation avec Jules dans l'optique de vivre une belle amourette mais, si on ne voyait pas les choses de la même manière, il faudrait peut-être que j'y mette fin plus tôt que prévu.

— Seulement si on est dans le quartier, a ajouté Jules, comme pour me rassurer.

— C'est une proposition charmante, mais je ne suis pas sûre d'être disponible, ai-je tenté avec prudence. Je dois couvrir la Fashion Week pour plusieurs médias, et j'ai rendez-vous avec Guy LaMontagne autour d'un brunch dans sa maison secondaire à Sag Harbor…

— Pas de problème, a dit Jules d'un ton faussement détaché. Je comprends. De toute manière, il est trop tôt pour te présenter à ma mère. Oublie ce que je viens de dire, Pep. Je ne sais pas ce qui m'est passé par la tête.

Elle m'a souri. Elle avait des fossettes adorables.

— On a le temps, a-t-elle insisté. Le Queens ne va pas disparaître du jour au lendemain. Je t'attendrai de l'autre côté du pont quand tu seras prête.

Je n'étais pas prête.

Jules avait beau être magnifique, je doutais que je le serais un jour.

# CHAPITRE TRENTE-DEUX
## Josie

ÉVIDEMMENT, J'ÉTAIS RAVIE D'ÊTRE MONTÉE sur scène à Tiny's — ce lieu n'était pas légendaire pour rien, et j'avais adoré chanter ce que je voulais — mais notre petit détour à New York avait semé la pagaille dans notre planning. Six heures et demie de route nous séparaient de Virginia Beach. C'était le trajet le plus long depuis notre départ. Je comprenais mieux pourquoi Pauly avait fait en sorte qu'on évite de traverser trop d'États à la fois.

J'ai roulé mon sweat-shirt en boule et je l'ai glissé contre ma nuque en guise d'oreiller. J'aurais dû m'acheter un coussin de voyage à la dernière station-service où on s'était arrêtés. J'avais mal au cou et au dos, et les muscles de mes jambes commençaient à s'atrophier. J'avais beau remuer dans tous les sens, aucune position n'était confortable.

On a *enfin* fini par sortir de l'autoroute. J'ai été surprise qu'on traverse le centre-ville de Virginia Beach. Quand Pauly est entré sur le parking du Beachfront Inn, situé sur la plage, j'ai cru qu'il s'était perdu.

— Est-ce qu'on dort ici ? ai-je tenté, à la fois remplie d'espoir et craignant qu'il se soit seulement arrêté pour demander son chemin. Ou est-ce que c'est une escale avant d'arriver au prochain Comfort Motel ?

— On dort ici, a confirmé Pauly. Ils avaient des offres de fin de saison. Je me suis dit que c'était un bel endroit pour accueillir Boone sur la tournée.

La perspective de passer la journée sur la plage avec Boone Wyant était plus que séduisante. Je n'aurais jamais imaginé que nos retrouvailles auraient lieu sur le sable, au soleil, et impliqueraient un potentiel torse nu.

J'ai détaché ma ceinture dès l'instant où Pauly s'est garé, et j'ai couru sous l'auvent vert de l'hôtel. J'en avais même oublié ma valise. J'avais trop hâte de sortir de ce minivan. J'appréhendais déjà le trajet du lendemain qui nous mènerait à Greenville, en Caroline du Nord, mais pour l'instant je voulais profiter de l'endroit où on se trouvait.

J'ai traversé l'entrée et collé mon nez à la baie vitrée de l'autre côté. Seules une pelouse étroite et une promenade en béton nous séparaient de l'océan. Je n'arrivais pas à y croire. Quand mon père m'avait annoncé qu'on passait par Virginia Beach, je n'avais pas imaginé une seule seconde qu'on verrait la plage. J'avais cru que notre vue serait la même qu'ailleurs : les lumières de l'autoroute et les néons des restaurants de fast-food. Je m'étais tellement habituée aux Comfort Motels que le simple fait de découvrir des coussins de couleurs différentes sur les canapés de l'entrée me mettait en joie.

— Vous avez de la chance, il fait encore chaud par ici ! a lancé l'hôtesse depuis l'accueil tandis que j'observais les mouettes dans le ciel. J'espère que vous avez apporté votre maillot de bain. Est-ce que c'est votre première visite à Virginia Beach ?

— Oui, ai-je répondu.

— Dans ce cas, bienvenue. Vous allez adorer notre ville !

Je me suis assise sur un canapé pendant que mon père et Pauly nous enregistraient. Au loin, les vagues roulaient sur le sable. J'aurais peut-être le temps de trouver un maillot quelque part et d'aller me baigner ! C'était vraiment tentant. Mon père est allé jeter un œil aux options de cafés du coin petit déjeuner. Je doutais qu'il y trouve un de ses *latte* compliqués préférés.

Pauly m'a rejointe sur le canapé.

J'ai regardé autour de nous. On était seuls dans l'hôtel, et la plage était vide.

— Est-ce qu'il y aura du monde à notre concert ? me suis-je inquiétée.

— La saison touristique est terminée, a expliqué Pauly. C'est normal. Tous les concerts ne peuvent pas avoir lieu à l'opéra de Détroit devant trois mille personnes, ou à Tiny's face à une salle comble.

— C'est sûr, ai-je marmonné, craignant de chanter devant une salle vide.

— Ne t'inquiète pas, Josie, m'a-t-il rassurée en me tapotant l'épaule. Le nom de Myles McCoy a toujours attiré du public. Boone Wyant va aussi nous aider à remplir la salle en attirant un public plus jeune. C'est pour cette raison que je voulais l'inviter sur la tournée.

Comme si le simple fait de prononcer son nom l'avait invoqué, les portes de l'entrée se sont ouvertes et Boone est entré, sa guitare sur le dos et un simple sac en toile à la main. Soit il voyageait vraiment léger, soit le reste de ses affaires était resté dans sa camionnette.

— Bonjour à tous ! a-t-il lancé en nous saluant d'une main.

— Bienvenue sur la tournée de Myles McCoy, Boone, a dit Pauly en se levant et en lui serrant la main.

— Merci, Pauly. C'est un honneur d'être ici.

— On est ravis de te compter parmi nous.

Mon père nous a rejoints, un gobelet de café à la main, brisant leur échange enthousiaste.

— Bonjour, Boone, a-t-il dit d'un ton sec. La balance son commence à 17 heures. Les chambres ne sont pas encore prêtes, mais tu peux laisser tes affaires à l'accueil.

J'avais vu mon père plus excité par un rendez-vous chez le garagiste que par l'arrivée de Boone. Il n'avait pourtant dit que du bien de sa performance depuis le concert. Pour l'avoir vécu au quotidien, je savais que mon père était plutôt avare en compliments.

— Super, a répondu Boone. Merci, monsieur.

Il lui a souri comme si mon père l'avait accueilli à bras ouverts plutôt qu'avec dédain.

— Et si on allait faire un tour à la plage, Josie ? a-t-il suggéré.

— Si tu veux.

Je me suis retenue de demander l'autorisation à mon père. Après tout, j'étais une adulte qui n'avait pas besoin de l'accord de ses parents chaque fois qu'elle voulait faire quelque chose, mais c'était plus fort que moi. Myles McCoy était non seulement mon père, mais aussi celui qui dirigeait la tournée.

Boone a laissé sa guitare et son sac à l'accueil, puis on est sortis par la porte coulissante qui donnait sur la plage. On a traversé la promenade en béton et descendu un escalier qui s'enfonçait dans le sable. La plage et l'océan semblaient infinis devant et autour de nous. Sans vouloir manquer de respect à Riverdale, Sweetwater River n'arrivait pas à la cheville de cette plage.

J'ai essayé de glisser des boucles rebelles derrière mes oreilles, en vain. Il faisait doux pour la saison, mais il y avait du vent.

— Quelle vue ! a sifflé Boone. Ça ne vaut pas les monts Great Smoky, mais c'est mieux que rien.

— Tu es obsédé par le Tennessee, l'ai-je taquiné en riant.

— Et si tu venais dans le Tennessee avec moi, Josie ?

— C'est prévu, ai-je répondu. Quand la tournée passera par Nashville, je serai là.

— Pas seulement en tournée. Tu devrais vivre là-bas.

— On en a déjà parlé, lui ai-je rappelé. Pourquoi poserais-je mes valises à Nashville ?

— Pour rencontrer du monde, lancer ta carrière solo.

J'avais hâte de commencer à travailler seule, surtout après mon concert à Tiny's, mais… avais-je vraiment envie de vivre à Nashville ?

— Je ne connais personne là-bas.

— Tu me connais *moi*, m'a-t-il rappelé en souriant. Je te présenterais à mes contacts. Des producteurs, des managers et des tourneurs. Je pourrais même te trouver un petit boulot au Heartless Café.

Il avait raison. Ses connaissances auraient pu m'être utiles.

Boone a glissé une mèche de cheveux derrière mon oreille. Elle s'est aussitôt envolée.

— J'ai hâte de te faire visiter ma ville, Josie, a-t-il murmuré.

Lentement, et avec prudence, il a placé sa main sur ma joue. Alors que la prochaine vague s'apprêtait à s'écraser sur le sable, on s'est embrassés.

Boone embrassait comme il chantait.

Malgré tout, j'ai placé une main sur son torse et je l'ai repoussé avec délicatesse. Il a aussitôt interrompu notre baiser.

— Qu'est-ce qu'on fait, Boone ? ai-je soupiré en secouant la tête.

— On s'embrasse, a-t-il répondu en souriant. Je dirais même qu'on s'embrasse *bien*.

— Sois sérieux, ai-je insisté en le poussant à nouveau.

Au vu de son torse musclé, Boone avait clairement rendu visite aux salles de gym des hôtels pendant sa tournée.

— Où nous mènerait cette histoire ? ai-je demandé en montrant l'espace qui nous séparait.

— On ne le sait pas encore. D'où le fait de s'embrasser. C'est un excellent moyen de répondre à ta question.

Il a fermé les yeux, mais je l'ai arrêté avant qu'il pose sa bouche sur la mienne.

— S'embrasser ne répond à aucune question, ai-je dit. Ça ne ferait que compliquer la situation. La dernière chose dont j'ai besoin en ce moment, ce sont des complications.

Boone a soupiré en enfouissant les mains dans ses poches.

— Je sais qu'on est au même endroit en ce moment, ai-je expliqué. Mais à la fin de cette tournée on va repartir chacun dans notre direction. On ne se reverra sûrement jamais.

— On se reverra peut-être à Nashville. On pourrait essayer, et voir où l'avenir nous mène ?

— J'ai déjà joué à ce jeu, Boone, ai-je avoué en pensant à Sweet Pea. J'ai même essayé l'amourette avec date d'expiration. Les choses ne sont jamais aussi claires qu'on le pense. À la fin, c'est toujours le chaos…

— Peu importe. J'aimerais vivre ce chaos avec toi, Josie McCoy.

Sa proposition était tentante. Il aurait été facile de fermer les yeux, d'enrouler mes bras autour de son cou et de l'embrasser à nouveau. J'imaginais déjà le reste de la tournée. Les trajets dans sa camionnette, où on partagerait éclats de rire et gâteaux, où on se chamaillerait sur le choix des stations de radio. Les concerts, où on chanterait en duo devant des salles combles, tout en ayant la sensation d'être seuls au monde. Les baisers volés dans les loges, les mains serrées derrière les rideaux.

Jusqu'à ce que tout s'arrête. Jusqu'à ce qu'on s'évite en coulisses et dans les stations-service. Jusqu'à ce qu'on se croise dans la queue du buffet du Comfort Motel, devant le dernier yaourt aux fruits, dans un silence gênant.

J'avais peut-être tort. L'un d'entre nous finirait peut-être par partir, et je redeviendrais la même qu'avant, avec un morceau de cœur en moins.

Je ne voulais pas prendre ce risque.

— Je ne veux pas être distraite, ai-je déclaré. Je dois me concentrer sur ma musique. Et toi, Boone Wyant, tu serais une immense distraction.

— Est-ce que je dois le prendre comme un compliment ?

Il s'est frotté la tête en souriant. Être aussi beau devrait être illégal.

— Est-ce qu'on peut au moins être amis, Josie ? a-t-il soupiré.

— Avec plaisir. Je commence à en avoir marre des histoires d'abeilles.

— Quelles abeilles ? a-t-il demandé, surpris.

— Tu comprendras bien assez tôt.

— Viens, a-t-il dit. Allons voir cette statue.

Il a montré du doigt une statue érigée sur la plage, puis il m'a tendu la main. Je ne l'ai pas attrapée.

— Ce n'est qu'une main, Josie. Ce n'est pas romantique.

— C'est vrai que tenir la main de quelqu'un est totalement platonique, ai-je dit en levant les yeux au ciel.

— Essaie, a-t-il insisté. Tu vas peut-être aimer ça.

J'ai poussé un soupir, mais je lui ai obéi. Ensemble, on s'est dirigés vers la statue. C'est un triton vert qui tenait un trident, une main posée sur une tortue.

— Neptune, ai-je lu sur la plaque encadrée de deux pieuvres en bronze.

— On dirait moi quand j'enlève mon tee-shirt, a plaisanté Boone.

— Franchement ? J'en doute.

Il a commencé à soulever son tee-shirt.

— Ce n'était pas une invitation ! ai-je protesté en tirant dessus. Si tu t'attends à des cris hystériques, tu vas être déçu. Je ne fais pas partie de ton fan-club.

— Elles s'appellent les Baby Booners.

— Pardon ?

J'ai placé une main derrière mon oreille en faisant mine de ne pas l'avoir entendu.

— Mes fans, a-t-il expliqué. Elles s'appellent les Baby Booners.

J'ai éclaté de rire. Il avait l'air de plus en plus gêné.

— Je t'en prie, Boone... Dis-moi que c'est toi qui l'as inventé. Les Baby Booners ? Sérieusement ?

Je riais tellement fort que j'avais peur de trébucher. Je me suis agrippée à la barrière qui protégeait la statue de Neptune.

— Ce n'est pas moi qui l'ai inventé ! s'est défendu Boone. C'était leur idée !

— Incroyable ! ai-je hurlé, victime de mon fou rire. C'est la meilleure chose qui me soit arrivée de la journée !

— La *meilleure* chose ? s'est-il étonné, visiblement blessé. Merci, Josie.

— Désolée, Roméo. Je ne suis pas une Baby Booner.

— Bon, ça suffit, a-t-il murmuré en approchant d'un pas menaçant. À l'eau !

— À l'eau ? Moi ? Jamais de la vie !

Je suis partie en courant. Boone m'a poursuivie sur la plage.

S'il voulait me jeter dans l'océan, il faudrait d'abord qu'il m'attrape.

Et je savais qu'il ne m'attraperait *jamais*.

# CHAPITRE TRENTE-TROIS
## Katy

MON PORTABLE A SONNÉ. ENCORE une fois. Avec un peu de chance, la batterie finirait par s'épuiser. Je n'avais pas le temps de parler à qui que ce soit. Je ne savais même plus quel jour on était. Tout ce qui comptait, c'était cette robe.

J'ai poussé un soupir en attrapant une pampille. Qu'est-ce qui m'arrivait ? Les pampilles, ce n'était pas mon genre ! Ou était-ce mon genre, désormais ? Je ne savais plus. Plus j'ajoutais et enlevais d'éléments, plus je m'embrouillais.

Il fallait que je sorte de chez moi. J'avais la sensation que les murs étaient en train de se resserrer. L'appartement me semblait encore plus minuscule qu'il ne l'était.

J'ai attrapé mes clés et mon portefeuille, j'ai dévalé l'escalier, j'ai couru jusqu'au métro et je me suis rendue au seul endroit où je me sentais en sécurité.

Le Petit Phare rouge portait bien son nom : c'était un petit phare rouge situé dans le parc Fort Washington, face à l'Hudson, niché sous le pont George-Washington. Quand j'étais petite, ma mère me lisait le livre pour enfants *Le Petit Phare rouge et le Grand Pont gris*. Un jour, on l'avait visité ensemble. La première d'une longue lignée de visites. On s'y rendait quand j'avais besoin de parler d'une dispute que j'avais vécue avec une copine, ou quand j'avais reçu une mauvaise note. Plus récemment, on y était allées chaque fois qu'on avait besoin de pleurer ensemble suite à son diagnostic. Même si le phare était lié à des mauvais souvenirs, il me redonnait espoir. Tant qu'il éclairerait l'Hudson, tout irait bien. C'était mon endroit préféré, calme et rassurant, où je pouvais être seule face à mes pensées.

C'était aussi – et surtout – là que j'allais quand ma mère me manquait.

J'aurais pu rendre visite à sa tombe, mais je me sentais plus proche d'elle quand j'étais près de l'eau.

Je me suis assise sur un banc, les yeux rivés sur le fleuve.

— Katy ?

Je me suis retournée. Mon chevalier servant approchait dans son jogging de course. J'ai failli éclater en sanglots en voyant KO courir vers moi dans son sweat-shirt Western-Queens Boxing Club.

Le Petit Phare rouge était mon endroit sûr, mais KO était ma *personne* sûre.

— KO ? ai-je demandé tandis qu'il s'asseyait à côté de moi. Qu'est-ce que tu fais là ?

— Qu'est-ce que je fais là ? Je t'ai cherché partout !

Il m'a serrée dans ses bras comme s'il ne voulait plus jamais me lâcher.

— Tu as raté notre appel hier soir, Katy. C'est la première fois que ça arrive.

*Oh ! Non.* Je n'arrivais pas à y croire. J'avais perdu toute notion du temps.

— Je suis désolée, KO. Je ne voulais pas que tu t'inquiètes.

— Bien sûr que j'étais inquiet ! On ne s'est jamais couchés sans s'être parlé avant. Ce matin, j'ai écrit à Jorge. Il m'a dit que tu ne répondais pas à ses messages non plus.

— J'aurais dû décrocher, ai-je regretté. J'étais tellement obnubilée par ma robe pour le défilé que j'ai oublié que le reste du monde existait.

— Je m'en doutais, a-t-il avoué, mais quand j'ai sonné chez toi et que tu n'étais pas là, j'ai *vraiment* eu peur.

— On s'est ratés de peu. Je n'ai pas quitté mon appartement depuis mon retour de Lacy's. Comment m'as-tu retrouvée ?

— Je te connais par cœur, Katy, a-t-il dit en souriant. Je sais que c'est ton endroit préféré, celui où tu te rends quand tu ne vas pas bien. Parce que c'est ici que tu venais avec ta mère.

J'ai pris sa main dans la mienne. On est restés assis en silence sur le banc, à regarder l'eau couler devant nous. Certes, ce lieu n'avait pas l'attrait d'une plage tropicale – jamais je ne me baignerais dans l'Hudson – mais c'était la vue que j'aimais le plus au monde.

— Elle me manque, ai-je murmuré.

— Je sais.

— Ma mère saurait exactement ce que je devrais faire avec cette robe. Elle me dirait ce qui ne fonctionne pas, et on la retoucherait ensemble.

— Qu'est-ce qui ne va pas avec ta robe ? a demandé KO en fronçant les sourcils.

J'ai pris conscience que je n'avais pas parlé de ce qui s'était passé à KO. Ni à Jorge.

Ni à personne.

— Ma robe est ratée, ai-je avoué. Et je ne suis pas la seule à le penser. Rex London l'a dit lui-même. C'est une *monstruosité*. Si je n'arrive pas à la transformer, il ne me laissera pas défiler.

— Je suis désolé, Katy, a murmuré KO en me serrant contre lui. Tu dis souvent que tous les risques ne sont pas payants en matière de mode, et que même les plus grands couturiers font des erreurs, mais ça n'a pas dû être facile à entendre.

— Non, et le pire, c'est que je suis d'accord avec lui ! Il a raison, mais je ne sais pas comment améliorer cette robe. Pour la première fois de ma vie, je ne sais pas quoi coudre, ni quelle tenue me ressemblerait. Je ne sais plus qui je suis, ni comment l'exprimer.

— Ce n'est pas ton genre, s'est étonné KO. Je ne m'y connais pas en mode, mais je sais que tu as un style. Le style Katy Keene. Quoi que tu crées, je le reconnaîtrais entre mille.

— C'est ce que je croyais aussi, mais j'ai l'impression d'avoir tout oublié. C'est pour cette raison que j'aimerais que ma mère soit là.

J'ai sorti la vieille photo froissée que je gardais dans mon portefeuille, comme un totem. J'ai souri en la regardant : ma mère derrière sa machine à coudre, et moi sur ses genoux. Un de mes plus anciens souvenirs.

— J'ai besoin qu'elle me rappelle qui je suis, ai-je murmuré.

— Tu n'as pas besoin d'elle, Katy. Tu sais qui tu es. Peut-être que… Peut-être qu'il faudrait que tu te rappelles ce que tu *aimes* dans la mode. Par exemple, à quoi pensait la petite fille sur la photo ?

— Je me souviens de cette journée comme si c'était hier, ai-je avoué. C'était la première fois que ma mère me confiait le tissu pendant qu'elle appuyait sur la pédale. Je me suis sentie comme une adulte. J'adorais coudre avec elle.

J'avais les larmes aux yeux, mais cette fois ce n'était pas seulement des larmes de tristesse.

— Transformer de simples morceaux de tissu en vêtements... c'était magique.

— Voilà, a dit KO. En temps normal, c'est avec cette passion que tu parles des vêtements. Comme s'ils étaient magiques.

— C'est le cas. Et ma mère avait un vrai sens du style.

J'ai examiné la robe que ma mère portait ce jour-là, simple mais élégante.

— J'étais bien habillée, moi aussi, ai-je plaisanté en montrant ma salopette du doigt. Regarde ces petits appliqués rouges en forme de cœurs.

— Tu étais mignonne et tu l'es encore plus aujourd'hui, a conclu KO.

— Des petits appliqués rouges en forme de cœurs... ai-je répété lentement.

J'adorais les cœurs. Et le rouge. J'aimais ajouter une touche de Katy Keene à mes tenues à partir de vêtements que j'avais trouvés ou réutilisés. Avec ce défilé, j'avais tourné le dos à mes habitudes de peur que mon travail ne soit pas assez sérieux ou professionnel. J'ai repensé à Deja et ses têtes de chats. Ses créations étaient incroyables, et elle y mettait toute sa personnalité. Les têtes de chats n'avaient rien de sérieux. Pourquoi ne pouvais-je pas, moi aussi, créer quelque chose qui me ressemblait davantage ?

Des milliers d'idées ont défilé dans ma tête, comme chaque fois que je me sentais inspirée. Et si je créais une robe qui aurait l'élégance et la simplicité de celle que ma mère portait sur la photo, mais avec quelques touches personnelles ? Peut-être des petites poches ? Ou des boutons originaux, comme ceux en forme de fraises que j'avais trouvés à Lou Lou Buttons ? Quelle longueur d'ourlet lui faudrait-il ?

— Mesdames et messieurs, Katy Keene est de retour ! a annoncé KO comme s'il était sur le ring.

— Quoi ? ai-je bredouillé, déjà focalisée sur les coutures et le placement des poches.

— Je sais comment tu fonctionnes, Katy. Tu as une idée. Je le sens.

— Tu as raison, ai-je dit en souriant. Enfin, je pense. J'ai besoin de dessiner. J'aurais dû emporter mon carnet ! Est-ce que tu as quelque chose sur quoi écrire ?

J'ai sorti un stylo de ma poche. KO a fouillé dans la sienne et m'a tendu un long ticket de caisse. Je me suis mise à dessiner en pensant à ma mère, le sourire aux lèvres, comme si mes doigts étaient en feu. La robe prenait peu à peu forme sur le papier.

— J'adore, a dit KO en jetant un œil par-dessus mon épaule.

— C'est vrai ?

J'ai examiné mon croquis sous tous les angles. Je ne lui ai trouvé aucun défaut. C'était exactement ce que j'aurais aimé présenter au défilé de Rex London.

Je serais fière de porter cette tenue sur n'importe quel podium, même celui de Lacy's.

*Surtout* celui de Lacy's.

— Elle est vraiment belle, a confirmé KO. J'adore quand ton visage s'illumine comme ça.

J'ai plié le ticket de caisse et je l'ai glissé dans ma poche. Cela pouvait fonctionner. J'en étais convaincue.

KO s'est levé et m'a tendu la main.

— Rentrons avant que la nuit tombe, Katy. Je vais dire à Jorge que je t'ai retrouvée.

Il a sorti son portable et a tapé son message.

— J'ai appelé Molly's Crisis tout à l'heure, a-t-il expliqué. Quand Darius m'a confirmé que tu n'étais pas là, j'ai envoyé Jorge à ta recherche chez Lacy's.

J'ai imaginé Jorge, paniqué, en train d'hurler mon nom et de vérifier chaque cabine d'essayage du magasin. Je m'en voulais énormément.

— Je suis désolée de vous avoir causé autant d'inquiétude, KO.

— Ne t'excuse pas. On s'est inquiétés parce qu'on t'aime. Je retournerais la ville entière pour toi, et je sais que Jorge aussi.

J'avais de la chance de les avoir à mes côtés. J'avais perdu ma mère, une blessure qui ne se refermerait jamais, mais j'étais entourée d'amour.

— La prochaine fois, réponds au téléphone, m'a taquinée KO. Même si tu es en pleine urgence vestimentaire.

— Promis. À partir de maintenant, je serai toujours joignable. Enfin, *presque* toujours. Il faut que je rentre chez moi et que je me concentre sur mon travail, mais je te promets que je t'appellerai avant d'aller au lit.

*Si* j'allais au lit. Je sentais qu'une nuit blanche m'attendait. Quoi qu'il en soit, j'appellerais KO. Je ne voulais pas que lui et Jorge repartent à ma recherche dans les rues de Manhattan.

— Tu en es sûre ? s'est inquiété KO. Tu travailles sans arrêt depuis des jours. Tu as besoin d'une pause, Katy.

— Impossible ! Le défilé a lieu dans deux jours ! Il faut que je retourne à ma machine à coudre, que je répare mon erreur, et...

— Tu as *vraiment* besoin d'une pause, a-t-il insisté. Loin de tous ces drames de styliste. Et si tu m'accompagnais à l'endroit le moins tendance de New York ? Viens chez moi ce soir.

— N'importe quoi ! ai-je dit en riant. Ta maison n'est pas l'endroit le moins tendance de New York.

Certes, Mme Kelly aimait cuisiner en Crocs et en chaussettes, mais qui étais-je pour la juger ? Ses Crocs faisaient peut-être partie de son processus créatif culinaire.

— Seulement quelques heures, a suggéré KO. Tu as besoin de te détendre. Il faut que je passe au club de boxe, mais ensuite allons dîner ensemble. Ma mère prépare un rôti à la cocotte. Il y en aura assez pour tout le monde.

— Miam.

Ces derniers jours, je m'étais nourrie exclusivement de biscuits rassis. Une portion du célèbre rôti à la cocotte de Mme Kelly et de sa délicieuse purée me réconforterait, tout comme être écrabouillée autour de la table par le reste des Kelly, qui se chamaillaient, riaient et parlaient à toute vitesse, tous vêtus de leurs joggings.

KO avait raison. Quelques heures loin du milieu de la mode me feraient le plus grand bien.

— Tu sais comment m'amadouer, ai-je plaisanté.

— Bien sûr. Je n'ai pas oublié ce que tu m'as dit le jour de notre première Saint Valentin.

— « Ne m'offre pas de fleurs », ai-je récité de mémoire. « Offre-moi une assiette de purée préparée par ta mère. »

— Tu l'aimes plus que moi, pas vrai ? s'est amusé KO en passant un bras sur mes épaules.

— Ce n'est pas ta faute, ai-je répondu. Ta mère est la meilleure. Et, contrairement à elle, tu ne m'as jamais cuisiné de la purée.

— Pour toi, j'écraserai des milliers de patates, Katy Keene.

On s'est éloignés du phare. Je l'ai regardé une dernière fois, puis on est sortis du parc. Sur le trajet, on a discuté de pommes de terre et des documents que KO devait aller chercher à la salle de boxe, mais pas de ma robe ni du défilé.

Quand on est entrés dans le club, on n'a pas été accueillis par le bruit habituel des gants contre les sacs et des grognements des boxeurs. Tout ce qu'on a entendu, c'était quelqu'un qui pleurait. Très fort. On s'est dirigés vers la source des sanglots. Une fille blonde était recroquevillée derrière le ring, la tête blottie contre ses genoux.

— Jinx ? a demandé KO.

Elle n'a pas répondu.

— Est-ce que ça va ? me suis-je inquiétée.

J'espérais qu'elle ne s'était pas blessée.

Ses pleurs ont décuplé. On a couru jusqu'à elle.

— Je suis désolé de ne pas être venu, a dit KO en s'agenouillant devant elle. Je me faisais du souci pour Katy. J'aurais dû t'envoyer un message pour te prévenir.

— Je ne pleure pas à cause de toi ! a gémi Jinx.

Elle a levé la tête. Deux rivières de mascara dégoulinaient sur ses joues.

— C'est… C'est ma copine !

— Qu'est-ce qui s'est passé cette fois ? a demandé KO en s'asseyant à côté de Jinx. Est-ce qu'elle t'a encore posé un lapin ?

— Non ! a répondu Jinx. Et elle ne m'en posera plus jamais. Elle a embrassé quelqu'un d'autre !

— Elle t'a trompée ? ai-je grogné en m'asseyant de l'autre côté.

Je me sentais coupable d'avoir été jalouse de Jinx. La pauvre... Elle avait le cœur brisé.

— Je suis désolée, Jinx, ai-je soupiré.

De grosses larmes ont jailli de ses yeux bleus.

— Elle ne m'a pas vraiment trompée, a-t-elle reniflé. On n'a jamais parlé d'exclusivité, mais on a passé tellement de temps ensemble ces dernières semaines... Je l'aimais beaucoup. J'en ai déduit qu'elle... qu'elle m'aimait aussi...

Le reste de sa phrase a été noyée par ses sanglots.

J'ai passé un bras autour d'elle. KO m'a imitée. J'avais déjà eu le cœur brisé, mais jamais par un garçon. KO et moi avons échangé un regard tendre au-dessus de la tête de Jinx. J'étais chanceuse de l'avoir dans ma vie. Je savais qu'il ne me briserait jamais le cœur. Finalement, le Petit Phare rouge n'était rien comparé à KO. C'était sur lui que je pouvais compter, quoi qu'il arrive.

— Je vais chercher des mouchoirs, ai-je annoncé en me levant.

KO a continué à consoler Jinx. J'ai trouvé un paquet de mouchoirs à l'accueil, puis je les ai rejoints.

— Elle n'a même pas pris la peine de me dire que c'était fini ! a repris Jinx en attrapant le mouchoir que je lui tendais. Je l'ai appris sur un *blog* ! Il y avait même des photos d'eux ensemble. J'ai tout de suite su que c'était la vérité.

Un blog ? J'ai regardé KO d'un air étonné.

— La copine de Jinx – enfin, l'ex-copine – est assez connue, a-t-il expliqué. Je ne sais pas qui c'est. Jinx n'a jamais voulu me dire son nom ni me montrer une photo.

— Dans ce cas, bon débarras ! ai-je déclaré. Elle ne te méritait pas, Jinx. Tu es belle, généreuse et douée. Tu te porteras mieux sans elle.

— Si c'est vrai, pourquoi ai-je aussi mal ? a-t-elle demandé d'une petite voix.

— Parce que perdre quelqu'un est toujours douloureux, mais la douleur s'apaisera avec le temps. D'ailleurs, sais-tu ce qui pourrait *vraiment* t'aider ?

— Quoi ? a-t-elle murmuré entre deux hoquets.

— Une bonne assiette de purée, ai-je répondu en souriant. KO, est-ce que tu penses que ta mère a de la place pour deux invitées supplémentaires ?

— Tu sais qu'il y a toujours de la place à la maison. Viens, Jinx. Allons manger comme si on ne se pesait pas demain.

KO et moi nous sommes levés en premier, puis il a aidé Jinx en prenant sa main.

Il était temps d'aller manger. Ensuite, il serait temps de retrouver ma machine à coudre.

J'avais hâte de commencer.

# CHAPITRE TRENTE-QUATRE
## Jorge

— TIENS, TIENS, TIENS, a lancé Darius. Regardez qui a enfin décidé de montrer le bout de son nez.

Il a arrêté de nettoyer le bar dès l'instant où j'ai poussé la porte de Molly's Crisis.

— Désolé de te l'apprendre, chéri, mais tu n'es pas beau à voir, a-t-il ajouté.

J'ai baissé la tête. Je portais mon jogging des Trenton Thunder – un cadeau d'Hugo après qu'il avait rejoint l'équipe de base-ball AA des Yankees – et mon sweat-shirt *West Side Story* du lycée avec des trous pour les pouces. Une fine couche de poussière de Cheetos recouvrait mon ventre.

En effet, je n'étais pas beau à voir. J'ai passé une main dans mes cheveux et j'en ai sorti un Cheeto. Quand je me suis assis au bar, j'ai remarqué que Darius n'était pas maquillé.

— Tu as une sale tête, toi aussi, ai-je dit.

— Comment oses-tu ? a-t-il protesté. Je laisse ma peau respirer ! La vie trépidante de Mlle Pixie Velvet a des conséquences sur mes pores, chéri. Même les fonds de teint non comédogènes finissent par les boucher. Mais revenons-en à toi. Où étais-tu caché, *pourquoi* étais-tu caché, et pour l'amour du ciel, d'où viennent tous ces Cheetos ?

— De l'épicerie de mes parents, ai-je répondu.

Quelque chose me démangeait dans le cou. J'ai plongé une main dans le col de mon sweat-shirt. Un autre Cheeto. J'ai hésité à le manger, mais je n'étais pas prêt à tomber aussi bas.

— J'étais dans ma chambre, ai-je expliqué. Ma mère m'a reproché d'avoir vidé leurs placards, mais peu importe.

— Pourquoi étais-tu caché dans ta chambre, petit bébé de Broadway ?

— À cause de Broadway, justement.

— Je vois.

Darius a sorti un verre, l'a rempli à ras bord de soda au gingembre et l'a fait glisser sur le bar. J'en ai bu une gorgée généreuse.

— Je ne comprends pas ton obsession pour le soda au gingembre, a soupiré Darius. C'est une boisson de vieux.

— J'ai le droit d'aimer le soda au gingembre, ai-je grogné. Ce n'est pas un crime !

— C'est un choix… bizarre.

— Est-ce que tu veux me servir quelque chose de plus fort ? ai-je demandé.

— Dans trois ans, bébé. Bref, laisse-moi deviner : tu n'as pas décroché le rôle dans *Hello, Dolly !*, tu t'es réfugié à Washington Heights, et maintenant tu es assis devant moi dans une tenue absolument tragique, recouvert de poussière de Cheetos, en train de boire une boisson de papy.

— C'est un bon résumé. Tu as oublié de préciser à quel point je suis pathétique.

Darius m'a dévisagé d'un air sérieux.

— Tu n'es pas pathétique, Jorge. Tu es un comédien. Les comédiens se font rejeter. Ça fait partie du métier. Est-ce que c'est douloureux ? Oui, bien sûr. C'est *terrible*. Mais tu n'es pas pathétique, et tu dois continuer. Je t'ai vu danser. Même quand tu chantes pour rigoler, avec Katy, j'entends ta voix. Tu as le *truc*. Si tu veux réussir, tu réussiras, mais l'attente sera peut-être un peu plus longue que ce que tu imaginais.

— Ils m'ont reproché d'être trop sensible, ai-je marmonné en fixant les bulles dans mon verre. Pas assez masculin. Trop… gay.

— Qu'ils aillent se faire voir ! a lancé Darius, furieux. Tu n'es rien de tout ça. Et s'ils pensent que c'est un problème, c'est *leur* problème, pas le tien. Tu sais quoi ? J'ai vu le dernier spectacle d'Ethan Fox, avec les costumes en viande. La salle puait et les acteurs surjouaient. La réputation de ce mec est surfaite. Ici, au moins, quand on surjoue, c'est volontaire.

— Merci, Darius, ai-je murmuré.

Darius était un artiste, lui aussi, et il avait sûrement entendu plus d'une fois qu'il était « trop » quelque chose. Je me sentais un peu moins seul.

— Il n'y a pas de quoi, Jorge. Maintenant, occupons-nous de ton visage.

— Pourquoi ? Qu'est-ce qui ne va pas ? ai-je demandé en touchant mes joues, sûrement recouvertes de poussière orange fluo, elles aussi.

— Il n'y a *rien* qui va, a lancé Darius. Je n'ai pas de fond de teint adapté à ta carnation, mais je pourrais te maquiller les yeux.

— Si tu veux, ai-je soupiré en haussant les épaules.

Mon overdose de Cheetos n'avait pas suffi à me remonter le moral. Une séance de maquillage serait peut-être plus efficace.

Darius a disparu en coulisses. Une minute plus tard, il est revenu avec son coffret de maquillage. C'était un vieux modèle Caboodle avec un couvercle violet transparent, comme celui que ma mère utilisait quand elle participait aux concours de beauté en tant que Miss Porto Rico.

Darius s'est perché sur le tabouret à côté du mien, son pinceau à la main.

Je m'étais déjà amusé à me maquiller quand j'étais petit avec le maquillage de ma mère et, plus tard, avec celui de Katy. Je maîtrisais même le smoky eyes, grâce aux tutoriels trouvés sur YouTube. En revanche, je n'avais jamais laissé quelqu'un me maquiller.

Assis dans le bar désert, avec la voix de Barbra en fond sonore et le pinceau de Darius qui caressait mes paupières, l'expérience était presque méditative. J'ai fait le vide dans ma tête et j'ai arrêté de penser à Ethan Fox et à *Hello Dolly !*.

Je ne m'attendais pas à ce que le maquillage soit le remède à mes problèmes, mais j'étais prêt à essayer n'importe quelle méthode pour aller mieux.

— Voilà ! a déclaré Darius en fouillant dans son coffret.

Il en a sorti un miroir avec un bord en plastique recouvert de paillettes violettes, qui ressemblait aussi à celui de ma mère.

— Alors ? a-t-il demandé en le plaçant devant moi. Qu'est-ce que tu en penses ?

Qu'est-ce que j'en pensais ? *Qu'est-ce que j'en pensais ?* J'en avais perdu mes mots ! Mon expérience avec le maquillage n'était pas comparable au travail de Darius. Pendant toutes ces années, je m'étais maquillé comme un clown. Ce qu'il venait de créer était complètement différent. C'était de *l'art*.

J'ai passé un doigt sur mes sourcils parfaitement dessinés. Mes yeux semblaient énormes, encadrés par des lignes d'eye-liner noir et des faux cils qui me donnaient un air de Bambi. Ce que j'ai préféré par-dessus tout, c'était mon rouge à lèvres rouge, digne de l'âge d'or d'Hollywood. Il me rappelait le manteau de Katy, celui avec le col Claudine. Avec ces lèvres, je me sentais tout puissant, tout en me sentant *moi-même*.

— Est-ce que tu pourras m'apprendre à me maquiller ? ai-je demandé avec enthousiasme.

Darius a incliné la tête d'un air penseur.

— Est-ce que je le peux ? Oui. Est-ce que je le veux ? À voir.

Je savais qu'il dirait oui. Il est retourné derrière le bar, son coffret à la main, en se retenant de sourire.

La porte d'entrée s'est ouverte. Un courant d'air glacé s'est engouffré dans le bar, suivi de près par une Katy Keene souriante. Elle portait un pantalon de pyjama à carreaux et un sweat-shirt Western Queens Boxing Club.

— Tiens, tiens, tiens, a répété Darius. Je n'ai pas vu celle-là depuis longtemps ! Je commençais à croire que vous aviez *enfin* décidé de me laisser tranquille.

— Waouh, Jorge ! s'est écriée Katy. Tu es magnifique. Vraiment.

— Merci, a dit Darius. Je suis extrêmement talentueux.

— Par contre, je ne suis pas convaincue par ta… tenue, a ajouté Katy avec diplomatie.

— Tu oses critiquer ma tenue ? ai-je répliqué. Tu es en *pyjama*, Katy !

En plus de ce choix douteux, Katy était recouverte de débris de couture et de fils coupés. J'ai commencé à sortir des morceaux de tissu de ses cheveux, comme un singe qui chercherait des puces.

— C'est vrai ? a-t-elle demandé, surprise.

Je n'arrivais pas à croire que Katy soit sortie de chez elle en pyjama sans s'en rendre compte.

— Peu importe ! a-t-elle décidé. Il faut que je te montre ma robe ! J'ai réussi, Jorge. Enfin, je *pense* que j'ai réussi. J'ai besoin de ton avis... Attends. Qu'est-ce que c'est ?

Elle a froncé les sourcils en tendant une main vers le col de mon sweat-shirt. Encore un Cheeto ? Sérieusement ? Combien étaient cachés dans mes vêtements ?!

— Oh ! Jorge, a soupiré Katy. Tu n'as pas été retenu.

Je savais qu'elle le devinerait. Quand j'étais en seconde, j'avais fini en larmes dans le salon de Katy, à noyer mon chagrin dans un paquet de Cheetos après qu'ils avaient confié le rôle du prince de Cendrillon d'*Into the Woods* à un élève de terminale avec un menton faible.

— Ils ne le méritaient pas, a dit Darius tandis que Katy me serrait dans ses bras. Regarde-le. Ce mec va devenir une star ! Il n'a pas besoin d'Ethan Fox.

— C'est vrai, ai-je reniflé. Un jour, je serai une star.

J'avais encore quelques jours de Cheetos devant moi – le deuil est un long processus – mais je ne me laisserais pas abattre par ce contretemps. Impossible. Je rêvais de cette carrière depuis que j'avais quatre ans, quand ma mère m'avait emmené voir *Peter Pan*. Ce jour-là, j'avais décidé que je voulais voler. C'était exactement ce que je ressentais quand j'étais sur scène. Je n'abandonnerais pas cette sensation à cause d'un metteur en scène prétentieux aux idées dépassées sur la masculinité conventionnelle, qui croyait que l'art consistait à servir du *ragoût* à ses spectateurs.

Katy m'a serré davantage. Je me suis éclairci la gorge.

— Maintenant, ai-je dit, parle-moi de cette robe.

# CHAPITRE TRENTE-CINQ
## Pepper

### « BYE BYE, BLONDIE ! »
Par Amelie Stafford pour *CelebutanteTalk*,
une filiale de Cabot Media

Apparemment, les blondes ne s'amusent pas plus que les autres, contrairement à ce que raconte la chanson – du moins, elles ne sont pas *assez* amusantes pour la passionnée Pepper Smith !

Après qu'elle a été aperçue plusieurs fois au bras de la même mystérieuse et jolie blonde, Pepper l'aurait finalement quittée. Hier soir, Pepper a été prise en flagrant délit devant l'ultra-exclusive boîte de nuit La Piscine, collée aux lèvres d'Auden Grace, star de YouTube. La chaîne d'Auden, où il publie ses streams de jeux vidéo, compte presque cent millions d'abonnés. S'il continue à côtoyer la sensationnelle Mlle Smith, qui sait quel record il battra ! Et s'il accueillait bientôt notre chère Pep sur sa chaîne ? Nous sommes certaines qu'elle atteindra le meilleur score, quel que soit le jeu auquel elle participera !

Quant à vous, mystérieuse et jolie blonde, où que vous soyez ce soir, sachez que tout New York pleure avec vous – à l'exception du chanceux Auden Grace !

# CHAPITRE TRENTE-SIX
## Josie

BOONE WYANT N'ÉTAIT PAS DOUÉ en amitié.

Non pas qu'il n'était pas amical : il l'était *trop*.

— Waouh, Josie, a-t-il dit en sifflant. Est-ce que tu veux me tuer ?

S'il continuait à se comporter de la sorte, je *finirais* par le tuer.

On était en coulisses du Buccaneer à Greenville, Caroline du Nord, et Boone avait les yeux rivés sur mon décolleté.

Quand je lui avais confié, à notre arrivée à Virginia Beach, que je préférais qu'on reste amis, mon intention n'avais pas été de me faire désirer. Je voulais me concentrer sur ma musique, et *seulement* sur ma musique. Depuis, Boone était encore plus distrayant qu'à l'époque où on flirtait à Biscuit Barrel.

À Fayetteville, il m'avait invitée à le rejoindre sur scène – surprise ! – et à chanter *I Can't Make You Love Me* de Bonnie Raitt. La foule de Baby Booners m'avait fusillée du regard, et les fans de jazz de l'âge de mon père avaient eu l'air surpris d'apprécier de la country. Suite à cette expérience, je lui avais fait comprendre que c'était la *dernière* fois que monterais sur scène avec lui.

Depuis, il me dédiait cette chanson à tous ses concerts.

J'avais l'impression que Boone n'avait pas l'habitude qu'on lui dise « non ». Il était charmant, certes, mais maintenant que ce charme n'avait plus aucun effet sur moi, son comportement avait changé. Ce garçon en faisait trop, et j'en avais marre.

— *You can't make your heart feel something it won't*, a chantonné Pauly tandis qu'on remontait le couloir du Comfort Motel de Charlotte, à la recherche du distributeur et de la machine à glaçons.

J'ai levé une main pour le faire taire.

— Pauly, c'est la *dernière* chanson que j'aie envie d'entendre ce soir, l'ai-je menacé.

Je n'étais pas particulièrement intimidante dans ma combi léopard, mais Pauly avait compris le message. Il a disparu en silence, abandonnant la chanson de Bonnie Raitt et sa quête du distributeur.

Cette combi léopard était la tenue la plus ridicule de toute ma garde-robe, mais c'était aussi une des plus confortables. Par conséquent, je me fichais de mon apparence. Melody avait offert cette combi à Val et moi à Noël, quelques années plus tôt. Quand j'avais fait ma valise au moment de quitter Riverdale, je n'avais pas réussi à la laisser derrière moi. Les Pussycats faisaient déjà parties de mon passé, mais cette tenue me rappelait de bons souvenirs, les pop-corn qu'on partageait dans le sous-sol de Val en critiquant les chanteurs de télé-réalité et en s'imaginant conquérir le monde.

À l'époque, je n'aurais pas cru que je me retrouverais un jour dans le couloir d'un Comfort Motel en combi léopard et en chaussons pelucheux, mais, si j'avais une leçon à tirer de ma tournée avec mon père, c'était que la vie d'un musicien professionnel n'était pas que glamour et paillettes. On avait vécu des journées incroyables et des concerts mémorables mais, si je voyais un autre coussin orange de Comfort Motel, je finirais par perdre la tête.

J'ai changé mon seau à glace de main en soupirant. Ce soir-là, je m'étais tordue la cheville en sortant de scène – cela ne m'arrivait jamais, je passais ma vie en talons – et j'avais encore mal. Malheureusement, ce Comfort Motel était le seul à avoir un agencement différent des autres et je ne trouvais pas la machine à glaçons.

Alors que je tournais dans un couloir, j'ai failli percuter un couple en train de s'embrasser. *Sérieusement* ? On était dans un motel. Il y avait des chambres partout. Aucune excuse.

J'allais faire demi-tour et tenter un couloir moins occupé quand j'ai reconnu non pas le mini-short ni les cheveux blonds de la fille, mais la tenue et le chapeau du garçon.

Boone portait encore le chapeau de cow-boy qu'il avait porté sur scène.

— C'est une blague ? ai-je grogné en calant le seau à glace contre ma hanche.

Boone a arrêté d'embrasser l'inconnue et s'est retourné vers moi. Je n'arrivais pas à déchiffrer son expression.

— Attends-moi à l'intérieur, chérie, a-t-il dit à sa conquête.

Il lui a tendu la clé. Elle l'a embrassée en gloussant – incroyable, mais vrai – et elle a disparu dans la chambre.

— Où est le problème, Josie ? m'a demandé Boone.

— Tu as invité une *groupie* dans ta chambre d'hôtel ? Quelle classe, Boone.

— Je ne vois pas en quoi ça te dérange, s'est-il défendu, faussement détendu. Tu m'as fait comprendre qu'il ne se passerait jamais rien entre nous.

— Est-ce que c'est une raison pour se jeter sur la première personne que tu croises ?

— Je ne me suis jeté sur personne ! a-t-il protesté. Et, même si c'était le cas, ce ne sont pas tes affaires ! Je t'ai donné plein d'occasions de changer d'avis, mais tu m'as demandé d'arrêter. Ce soir, c'est ce que je fais. J'arrête.

On s'est lancé un regard noir. Je ne comprenais pas pourquoi le voir avec une autre fille m'affectait autant. Je ne *voulais* pas d'une relation avec Boone Wyant, et cet incident justifiait d'autant plus mon choix. Ce n'était pas le moment de m'attacher, puis d'avoir le cœur brisé par quelqu'un avec qui je travaillais. Surtout quelqu'un qui chantait chaque soir dans une ville différente, devant un parterre de filles qui l'adulaient. Trop de complications.

Boone et moi étions plus collègues qu'amis. Des collègues qui avaient le droit de passer la nuit avec une jolie blonde s'ils en avaient envie. Et puis, il m'avait agacée dès notre arrivée en Caroline du Nord, avec ses gestes romantiques, qui n'étaient *pas* romantiques parce que je n'en voulais pas !

Pourquoi étais-je jalouse ? Je lui avais ordonné de me laisser tranquille. Il m'avait obéi. C'était peut-être la rapidité avec laquelle il était passé à autre chose ? Mon ego ne le supportait pas.

*Ou peut-être qu'avec lui tu te sentais spéciale*, a chuchoté une petite voix.

Sûrement. J'étais Josie McCoy. J'*étais* spéciale. Et pas à cause d'un cow-boy d'Instagram avec une guitare. J'étais spéciale grâce à ma voix, ma détermination et mon cœur, que Boone Wyant ne méritait pas.

— Tu sais quoi ? ai-je lancé. Tu as raison. Ce ne sont pas mes affaires.

— Josie...

— Amuse-toi bien, Boone.

Je lui ai tourné le dos, pressée de trouver la machine à glaçons et de retourner dans ma chambre, où je pourrais tout oublier et enfin me reposer.

— Ne réagis pas comme ça, Josie ! a-t-il crié derrière moi.

— Comme quoi ? Tout va bien !

Je ne pouvais plus le regarder en face. J'ai remonté le couloir dans ma combi et mes chaussons, mon seau à la main, sans la moindre dignité.

— Bonne nuit, Boone ! ai-je conclu avec sarcasme.

Il ne m'a pas retenue.

Non pas que j'en eusse envie.

Mais il ne m'a pas retenue.

# CHAPITRE TRENTE-SEPT
# Katy

LE HALL D'ENTRÉE DE LACY'S avait été transformé pour l'occasion. Tout ce qui avait pu être déplacé avait était poussé contre les murs. Une allée centrale avait été créée en guise de podium, encadrée par plusieurs rangées de chaises pliantes. Une rampe d'éclairage avait été installée autour du lustre et projetait des ombres par terre. Au fond, devant le grand escalier qui menait à l'étage des chaussures, des rideaux pendaient du plafond jusqu'au sol, derrière lesquels les mannequins – enfin, les stylistes – se prépareraient et d'où ils émergeraient. Un logo « Rex London x Lacy's » était imprimé sur le tissu. Les **parfumeurs** avaient disparu. Le hall était désert. Tout était prêt.

J'ai remonté le podium jusqu'à l'ascenseur. J'espérais le parcourir à nouveau à l'occasion du défilé, et pas les épaules affaissées par l'échec.

Non. Ma robe était réussie. Je le savais. Si Rex London ne l'aimait pas, je la porterais chez Franca's, où KO et moi partagerions un menu à 1,99 dollar constitué de deux parts de pizza et d'une canette de cola.

Quoi qu'il arrive, tout irait bien.

Malgré tout, j'avais le cœur qui battait à tout rompre tandis que l'ascenseur gravissait les six étages.

Le chaos que je m'étais attendue à découvrir en bas avait lieu ici. Mes camarades étaient en train de se préparer. Certains se maquillaient devant le miroir. D'autres étaient en train d'enfiler leur tenue. Au centre de la pièce, Rex London gesticulait, une paire de ciseaux dans une main – choix dangereux –, un pique-aiguilles dans l'autre. À ses côtés, Andy barrait une liste sur son carnet.

— Howard, si je vois un fil de plus dépasser de l'ourlet de ton pantalon, je ne répondrai plus de rien, l'a menacé Rex. Dans la mode, on prend soin des détails !

J'ai avancé d'un pas. Quand leur regard s'est posé sur moi, ils se sont tus. On aurait dit que l'agitation de la pièce s'était arrêtée. J'ai même hésité à entrer.

— Katy Keene, a annoncé Rex, visiblement surpris. Est-ce que c'est ta robe ?

Je n'ai pas réussi à détecter quoi que ce soit dans sa voix ni sur son visage.

— C'est ma robe, ai-je confirmé.

Je l'avais enfilée chez moi. J'avais pris le risque de la salir dans le métro, mais le fait de la porter sur le trajet m'avait donné confiance. Je portais aussi ma paire de chaussures préférée, celles avec le bout rouge arrondi et les talons beiges. D'ailleurs, nettoyer ces chaussures que je portais si souvent avait quasiment demandé autant d'efforts que de coudre ma robe.

— Entrez, a dit Rex. Tenez-vous devant le miroir, s'il vous plaît.

Rex et Andy m'ont encerclée tels deux requins tandis que je montais sur l'estrade. Je me suis retenue d'essuyer mes paumes moites sur ma robe. Je ne voulais pas tacher la soie.

— Ce choix de couleur est audacieux, a commenté Rex.

Le rouge était peut-être une erreur, mais c'était ma couleur. Si je devais gâcher cette occasion, je préférais le faire *à ma manière*. C'était l'erreur que j'avais commise dès le début : j'avais oublié qui j'étais, ou j'avais eu peur de *montrer* qui j'étais. Que je défile sur un podium ou que je mange une part de pizza à Franca's, désormais, je porterais uniquement ce qui me rendait heureuse, et j'arrêterais de me demander si mes tenues étaient parfaites. Après tout, c'était le but de la mode : l'expression de soi.

— La silhouette est clairement inspirée des années 1940, avec les manches structurées, mais vous avez réussi à la moderniser en adoucissant les lignes, a repris Rex. En général, je déteste les décolletés en forme de cœur, mais ici sa présence est justifiée. Le drapé de la jupe est impeccable. Les cœurs sur les poches ont aussi leur place.

J'ai souri, le cœur gonflé d'espoir.

— C'est un peu mièvre, a marmonné Andy.

— C'est *très* mièvre, a confirmé Rex. Mais regarde la créatrice. C'est la mièvrerie personnifiée.

Je ne savais pas si c'était un compliment ou une critique.

— Est-ce que je vendrais cette robe ? a continué Rex. Non. Ce n'est pas un design Rex London. Mais ce n'est pas ce qui compte aujourd'hui. Cette robe m'explique qui *vous* êtes, Katy Keene. Je l'adore. Je suis sûr que de nombreuses femmes l'aimeront aussi.

J'étais remplie de joie et de fierté. J'avais enfin retrouvé mon style !

— Est-ce que je peux défiler ? ai-je tenté.

— Oui, vous pouvez défiler, a-t-il confirmé. Et restons en contact, d'accord ? Si vous continuez à créer des tenues pareilles, vous vous retrouverez un jour avec une collection cohérente. Prévenez-moi quand vous aurez avancé. Je pourrai peut-être vous aider.

— C'est vrai ? Merci beaucoup ! C'est très généreux de votre part.

— C'est la raison pour laquelle j'ai organisé ce défilé, Katy. Je n'ai pas besoin de publicité. Crois-moi, Rex London se porte bien.

— On est en passe de surpasser Marc Jacobs cette année, a annoncé Andy avec fierté.

— Du calme, Andy, a dit Rex en me faisant un clin d'œil. Ne critiquons pas la vieille garde. En tout cas, Katy, je me souviens toujours de mes débuts, quand j'hésitais encore à faire de mes rêves une réalité. Je ne savais pas qui j'étais, ce que je voulais, par où commencer. L'école m'a beaucoup aidé, ainsi que mon mentor. Est-ce que vous êtes inscrite quelque part ?

— Pas encore, ai-je avoué. J'ai toujours rêvé d'étudier à Parsons, mais je n'ai pas pu postuler cette année…

— Réfléchissez bien, a-t-il insisté. En attendant, trouvez-vous un travail dans le milieu. Je pense que vous avez du potentiel, mais vous avez encore beaucoup à apprendre, Katy Keene.

J'ai hoché la tête. J'en avais conscience.

C'était décidé. Je ferais tout pour décrocher un poste chez Lacy's. Ce serait la première étape de ma carrière. J'en étais capable. Je le savais.

— Howard ! a crié Rex. Montre-moi ces ourlets !

Howard s'est assis sur une chaise a tendu les jambes tandis que Rex s'approchait de lui.

— Rex est différent des autres, m'a confié Andy en le suivant du regard. C'est une des raisons pour lesquelles je voulais à tout prix travailler avec lui.

— C'est vrai, ai-je murmuré. Ses coupes sont uniques, surtout dans sa collection de prêt-à-porter. Il a apporté tellement aux vêtements de travail…

— Je ne parle pas de ses créations, Katy. Rex est différent de nos collègues parce qu'il lui tient vraiment à cœur d'aider la génération suivante. Il est généreux, et surtout il accorde toujours une seconde chance. Si ce défilé avait été organisé par quelqu'un d'autre, vous n'auriez *jamais* été invitée à revenir. Pas même pour un essai. Votre carrière aurait sûrement été détruite avant même qu'elle ait commencé.

— Je sais, ai-je murmuré en baissant la tête. Je ne considère pas ma place comme acquise.

— C'est votre seconde chance, Katy Keene, a-t-il dit en souriant. Saisissez-la.

— Promis.

Je ne poursuivrais pas ma carrière avec ma mère à mes côtés, mais je la poursuivrais *pour* elle. Je comptais bien saisir toutes les chances qu'on m'offrirait.

Quelques minutes plus tard, on était en coulisses. Les conversations des spectateurs résonnaient dans le hall. Étais-je vraiment sur le point de défiler devant tous ces gens ?

Rex a d'abord présenté l'événement au public, puis Andy nous a alignés, et les premiers stylistes sont partis. Le défilé avait commencé !

— C'est à toi, Katy ! a annoncé Andy. Go, go, go !

Je suis sortie de derrière les rideaux, éblouie par les projecteurs. Pendant quelques secondes, je me suis arrêtée, désorientée, puis je les ai vus au loin. Les vitraux de Lacy's, conçus par Louis Comfort Tiffany. Je me suis focalisée sur une rose rouge en souriant, comme Jorge me l'avais appris, et j'ai marché.

J'avais redouté ce moment pendant des jours, mais finalement, défiler était amusant. *Très* amusant. J'avais regardé des défilés toute ma vie, et voilà que je montais moi-même sur un podium ! Je n'avais toujours aucune intention de devenir mannequin – de toute manière, j'étais trop petite – mais défiler dans une robe que j'étais fière de porter était une expérience unique. Si on me l'avait dit quand j'étais petite, je n'y aurais pas cru. La petite Katy aurait été ravie.

Ma mère aussi.

À mi-chemin, je me suis sentie suffisamment sûre de moi pour jeter un œil vers les spectateurs. KO était au premier rang. Il était entouré de fashionistas en tenues audacieuses et semblait mal à l'aise dans le costume qu'il avait porté à sa remise de diplôme, mais je lui étais reconnaissante. Nos regards se sont croisés. Il m'a souri et a murmuré :

— Sublime.

KO était entouré de Jinx, qui portait un jean noir et une veste en cuir, et de Jorge, torse nu sous sa veste de smoking en velours, une cravate autour du cou. Jorge a fait mine de s'évanouir sur sa chaise.

— Tu m'as tué ! a-t-il murmuré.

Je me suis retenue de rire. J'avais été tellement obnubilée par la présentation de ma robe à Rex que j'avais oublié de prévenir mes amis que je participais au défilé. Ils étaient venus malgré tout, suffisamment en avance pour avoir des places au premier rang, convaincus que ma robe serait acceptée. Ils croyaient en moi. J'étais la fille la plus chanceuse du monde.

Je me suis arrêtée au bout du podium, et j'ai pris trois poses différentes. Franchement, Jorge aurait pu donner des cours de mannequinat. Grâce à lui, je me sentais confiante, fabuleuse. Il ne me restait plus qu'à rejoindre les coulisses sans trébucher.

J'ai échangé un regard complice avec Deja quand on s'est croisées, puis je me suis réfugiée derrière les rideaux. Je n'étais pas tombée ! J'étais fière de moi. J'espérais que ma mère l'était aussi.

Le final était déjà sur le point de commencer. À peine étais-je arrivée en coulisses qu'Andy m'a poussée dans la rangée des créateurs qui avaient défilé avant moi. Quand Deja est revenue, Andy l'a placée derrière moi. Rex London est sorti en premier, puis on l'a suivi, sous les applaudissements du public. Même avant que je voie mes amis, j'ai entendu Jorge crier plus fort que tout le monde. Il avait toujours été capable de projeter sa voix mieux que les autres.

Après que Rex nous a félicités, il nous a laissés partir à la rencontre du public.

Je me suis jetée dans les bras de KO.

— Katy ! a-t-il dit en me soulevant. Ta robe est magnifique. *Tu* es magnifique. Je suis fier de toi.

Il m'a reposée en déposant un baiser sur mon front.

— Tu as tout *déchiré* ! a crié Jorge en m'enlaçant. Tu m'as tué, vraiment ! C'était incroyable. Je devrais devenir coach de mannequins.

— J'y pensais justement en défilant, ai-je avoué.

— Au fait, est-ce que le beau gosse en costume est célibataire ? a-t-il demandé.

— Howard ? Aucune idée. Tu devrais lui poser la question.

Jorge s'est recoiffé et s'est dirigé vers Howard. J'ai balayé la foule du regard, à la recherche des cheveux noirs et lisses de Veronica. J'ai jeté un œil à mon portable. Elle m'avait envoyé un message pour s'excuser. Elle avait raté le défilé à cause d'une « urgence entrepreneuriale ».

Je ne savais pas ce qui s'était passé, mais c'était sûrement important. Je ne lui en voulais pas. Veronica m'avait rendu service en me recommandant à Rex. Je lui en serais éternellement reconnaissante.

— Je t'ai acheté des fleurs, m'a informé KO en sortant un bouquet de roses à moitié écrasé de sous sa chaise. Je n'aurais peut-être pas dû. Je n'ai vu personne d'autre avec un bouquet, mais j'en offre toujours à mes sœurs lors de leurs récitals de piano…

— Je les adore, ai-je dit en inhalant leur parfum. C'est adorable. Merci, KO. Est-ce que Jinx va mieux ?

Je l'avais vue pendant le défilé, mais depuis elle avait disparu.

— Je pense que oui, a répondu KO en la montrant du doigt.

Jinx était en train de discuter avec Deja.

— En effet, elle a l'air d'aller mieux, ai-je dit en souriant.

— Elle a reçu une bonne nouvelle aujourd'hui, a expliqué KO. On lui a proposé d'aller s'entraîner à la salle de boxe de Joe Frazier.

— Smokin' Joe ? Sa salle est à Philadelphie, pas vrai ?

Je n'étais pas experte en boxe, mais je connaissais le nom d'un des boxeurs préférés de KO.

— Oui, elle va partir dans les jours qui viennent. Je suis content pour elle. C'est une chance incroyable, mais...

— Tu es un peu jaloux, ai-je deviné.

KO a rougi, comme s'il en avait honte.

— C'est normal, l'ai-je rassuré. Ne culpabilise pas. Tu es humain, KO.

— Je sais, a-t-il soupiré, mais je ne veux pas que Jinx pense que je ne suis pas heureux pour elle. C'est une excellente boxeuse. Elle le mérite, mais c'est dur de la voir partir. Non seulement parce qu'elle va me manquer, mais aussi parce que j'ai toujours rêvé de m'entraîner là-bas.

— Ton tour viendra, KO, ai-je promis en prenant sa main dans la mienne. J'en suis certaine. Ensuite, tu monteras sur le ring à Madison Square Garden.

— Et tu vendras tes créations sur Madison Avenue.

— Et cette ville sera à nous, ai-je soupiré en passant mes bras autour de son cou.

— C'est déjà le cas, Katy. Elle a toujours été à nous.

Quand on s'est embrassés, mon ventre a pétillé comme des bulles de soda. J'avais le meilleur petit ami de la planète, des amis formidables, et cette robe signait le début d'une grande aventure.

— Est-ce qu'on a le droit de s'embrasser chez Lacy's ? nous a taquinés Jorge. Je pensais que c'était un établissement chic.

Il a posé les mains sur ses hanches, l'air amusé. Jinx était plantée derrière lui, le sourire aux lèvres.

— Et si on allait dans endroit un peu moins chic ? ai-je suggéré.

— Un endroit où le sol est toujours collant ? a deviné Jorge.

— Et où le soda manque de bulles, ai-je confirmé.

— OK, je ne sais pas de quoi vous parlez, mais vous me vendez du rêve, a ironisé Jinx.

— Crois-moi, tu vas adorer, l'a rassurée Jorge en passant un bras sous le sien.

— Est-ce qu'Howard veut se joindre à nous ? ai-je demandé.

— Il a un copain, un étudiant à Ithaca, a regretté Jorge. Tant pis.

— Tu es sûre de ne pas vouloir rester plus longtemps ? a vérifié KO. Tu pourrais en profiter pour rencontrer du personnel de Lacy's, demander s'ils cherchent quelqu'un ? Tu as toujours rêvé de travailler ici.

— Ne t'inquiète pas, ai-je répondu. Je reviens demain, et je ne partirai pas tant que je ne serai pas leur nouvelle recrue.

— Ensuite, on ira cueillir des pommes ? a suggéré KO. Je t'ai promis des activités d'automne. Je tiens toujours mes promesses.

— Je sais.

C'était une des raisons pour lesquelles je l'aimais.

— Demain, on cueillera des pommes, ai-je décidé. Mais ce soir il n'y a qu'un seul endroit où je veux fêter mon succès.

# CHAPITRE TRENTE-HUIT
## Jorge

KATY, KO, JINX ET MOI avons rejoint la foule dansante et transpirante de Molly's Crisis. Le bar était bondé, rempli de gens de toutes les couleurs, toutes les tailles et tous les genres. Entourés de paillettes et de toute cette beauté, ils étaient à leur place, et j'étais chez moi.

— J'adore ! s'est réjouie Jinx par-dessus les cris de la foule et une chanson de Britney des années 2000. Pourquoi est-ce que je découvre ce bar juste avant de partir ? KO, tu aurais dû m'en parler !

Un groupe est entré derrière nous et nous a poussés dans la salle. Contre le mur du fond, une table haute était miraculeusement libre. Il y avait un papier dessus. Je l'ai attrapé et j'ai lu ce qui y était inscrit : « RÉSERVÉ à Katy Keene, icône de la mode, Jorge, future star de Broadway (à bas Ethan Fox xoxo) et leurs amis. »

— Darius ? a deviné Katy en lisant par-dessus mon épaule. Il est trop gentil !

— Ne le crie pas sur tous les toits. Il a une réputation de grincheux à entretenir.

— J'offre ma tournée ! a annoncé KO.

Katy et moi nous sommes assis à table. Jinx avait déjà disparu sur la piste. J'ai cru reconnaître sa petite tête blonde tandis qu'elle sautillait et dansait. KO a pris notre commande, puis il s'est frayé un chemin jusqu'au bar.

Katy s'est approchée de moi, les coudes posés sur la table.

— Comment vas-tu, Jorge ?

— Peu importe, ai-je répondu. Je ne veux pas en parler maintenant. Cette soirée est dédiée à ton triomphe et à ta fabuleuse robe, pas à mon échec cuisant.

— Ce n'est pas un échec ! s'est écriée Katy. Arrête d'être aussi intransigeant. C'était une simple audition, et ce spectacle n'était visiblement pas fait pour toi.

— C'est vrai, mais j'aurais tellement aimé brûler toutes ces étapes ! Un casting ouvert, et boum ! Equity, Broadway... mes rêves devenaient réalité. Ça aurait été magique.

— La magie, c'est peut-être d'affronter ces étapes, a songé Katy. Les essais et les rejets. Je sais que le défilé a fini par bien se passer pour moi...

— Plus que bien ! l'ai-je interrompue. Ne sous-estime pas ton succès, Katy. Tu as brillé sur ce podium.

— Merci, Jorge. Mais, avant d'en arriver là, j'ai tout raté. Vraiment ! Tu aurais dû voir la première robe que j'ai présentée à Rex... C'était humiliant. Je vivrai sûrement d'autres moments humiliants dans ma carrière, et ce sont eux qui m'aideront à avancer et à tirer des leçons de mes erreurs. Cette fois, ce que j'ai appris, c'est qu'il fallait que je reste fidèle à moi-même. C'est quand j'exprime mon identité que mon travail est réussi. C'est ce qui me rend unique. Je pense que c'est la même chose pour toi. Tu seras toujours doué, Jorge, quoi qu'il arrive, mais c'est quand tu es toi-même que tu deviens une *star*.

Katy était incroyable.

Je ne l'aimais pas comme si elle faisait partie de ma famille. Elle *était* ma famille.

— Je t'aime, Katy.

— Je sais, a-t-elle dit en me serrant dans ses bras. Je t'aime aussi.

KO est revenu avec nos boissons. Il a déposé mon soda au gingembre devant moi et quelque chose d'*indescriptible* devant Katy. Je me suis écarté d'elle, horrifié.

— Katy. Meuf. Est-ce que tu as commandé un verre de cerises au marasquin ?

— Je la connais par cœur ! s'est amusé KO en passant un bras autour d'elle. Il y a même un peu de cola au fond.

Katy et KO formaient vraiment le stéréotype du couple hétéro, mais ils étaient adorables.

— C'est ce que je préfère, a confirmé Katy en déposant un baiser sur sa joue. Cerises au marasquin avec un soupçon de cola.

— Je doute que tu lances une nouvelle mode, ai-je dit en levant un sourcil.

— Tu peux parler, roi du soda au gingembre ! m'a-t-elle taquiné. Ma boisson deviendra peut-être tendance quand tu seras barman ici. Tu l'appelleras le « Katy ».

— Je ne sais pas si je travaillerai ici un jour, ai-je avoué. Je vais sûrement passer le reste de ma vie à l'épicerie, à réapprovisionner les rayons, tenir la caisse et brûler des sandwiches. Darius n'a pas l'air pressé de m'embaucher.

— Il finira par changer d'avis, a affirmé Katy. Je t'y vois déjà. Ce serait naturel. Promis, je ne dis pas ça parce que j'ai hâte que tu me serves des cerises gratuites !

— Je vais demander à Jinx ce qu'elle veut boire, a annoncé KO. Il faut qu'elle s'hydrate si elle veut impressionner l'équipe de Joe Frazier.

— L'équipe de quoi ? ai-je demandé tandis que KO disparaissait sur la piste.

— Jinx déménage à Philadelphie, ai-je expliqué. Elle a été contactée par un club de boxe. Mais revenons-en à toi...

— Allô ? Qu'est-ce que je viens de dire ? Cette soirée est la *tienne*, Katy !

— J'ai reçu suffisamment d'applaudissements tout à l'heure. J'aimerais savoir ce que tu comptes faire maintenant.

— Je vais continuer à passer des auditions.

J'étais à la fois surpris par ma propre conviction et soulagé d'apprendre que ce rejet ne m'avait pas complètement brisé.

— J'ai ma place à Broadway, Katy. Je vais renouveler mon abonnement à *Backstage*, continuer à prendre des cours au Broadway Dance Center, et passer toutes les auditions qui se présentent. Ça prendra sûrement du temps, mais j'y arriverai. J'en suis sûr.

— Je suis ravie de l'entendre, a dit Katy en souriant.

— Je pense que je sais d'où vient le problème.

— C'est-à-dire ? a-t-elle demandé.

— Ce sont les reprises de spectacles.

— Explique-moi, Jorge.

— J'adore la comédie musicale et je veux travailler sur Broadway, mais j'aimerais donner naissance à un rôle dans une nouvelle création. Si je suis retenu dans une reprise, j'aimerais faire partie de l'équipe qui adapte le spectacle, et créer un rôle qui m'appartient. J'en ai marre de tous ces gens qui tirent les ficelles depuis derrière leur table. J'ai des choses à exprimer et des idées à proposer, moi aussi !

— Tu as raison, a dit Katy en prenant ma main dans la sienne. Tu vas devenir une star, Jorge. Je le sais. Tu mérites de travailler selon tes propres conditions.

On a applaudi la fin du medley de Britney. Darius est monté sur scène en tant que Pixie Velvet. Elle était magnifique, avec du fard à paupières bronze et d'immenses faux cils. Sa taille de guêpe était mise en valeur par une combinaison bleue en velours parsemée de strass.

— Est-ce que c'est la combinaison que tu as retouchée ? ai-je demandé à Katy.

— Oui ! Elle est superbe ! J'adore comment les strass reflètent la lueur des projecteurs.

— Ce serait un bon moyen de payer ton loyer, tu sais. Tu pourrais demander aux drag queens de payer les retouches de leurs costumes.

— Jamais de la vie ! a répondu Katy. C'est grâce à elles que j'ai le droit de passer autant de temps à Molly's Crisis. Et puis, je veux les aider, pas leur demander de l'argent.

On s'est tournés vers la scène. Le barman bougon qu'on aimait tant avait disparu, remplacé par une reine. Elle était sublime, mais surtout, elle était *libre*. Elle savait exactement qui elle était.

J'aurais aimé connaître cette sensation.

Quand la musique a commencé, quand Pixie Velvet s'est mise à danser, j'ai pris conscience que je pouvais monter sur cette scène, moi aussi. Je pouvais être une drag queen ! Qu'est-ce qui m'en empêchait ? J'étais beau. Ma présence scénique était indiscutable. J'avais ma place sur cette scène, mais pas en tant que Jorge : en tant qu'une partie de moi-même que je n'avais pas encore découverte.

J'avais hâte de la rencontrer.

Pixie Velvet s'est mise à chanter *I Wanna Dance With Somebody*.

La musique m'a appelé. Whitney n'était pas une star pour rien.

— Viens, Jorge ! a crié Katy. Pose ton soda au gingembre et allons danser !

Gingembre… *Ginger*. Voilà qui sonnait bien.

Ensemble, on est allés danser.

# CHAPITRE TRENTE-NEUF
# Pepper

**FizzFeed**

## PEPPER SMITH TOURNE LE DOS À LA FASHION WEEK

L'icône Pepper Smith reste fidèle à elle-même sur Instagram

Tatiana Trang

Équipe FizzFeed

La légendaire Pepper Smith a osé s'en prendre à la Fashion Week sur Instagram ! Comme d'habitude, elle n'y a pas été de main morte. Hier soir, Pepper a publié un superbe portrait d'elle en noir et blanc (une beauté classique !) devant la High Line avec une légende virulente : « Pour moi, la Fashion Week, c'est fini. Je n'ai assisté à aucun défilé cette année, et je n'ai l'intention d'en voir aucun. » Mais ne paniquez pas, la NYFW n'est pas annulée. « La mode ne devrait pas être cantonnée à une semaine réservée à quelques rares privilégiés. » Voilà la Pepper qu'on connaît et qu'on aime ! Je pense que nous sommes tous d'accord avec elle.

Pepper a conclu son message par une note amicale adressée à ses abonnés : « La ville est votre podium. Défilez à votre guise. » Elle a montré l'exemple avec son manteau trapèze à col en fausse fourrure, son rouge à lèvres vif et, bien sûr, ses fameuses lunettes (on adore les filles qui assument leurs lunettes !). Sa tenue nous a conquises. S'il y a bien une chose qui brille plus que les lumières de la ville, c'est notre Pepper !

Jetez un œil à son compte Instagram – et préparez-vous à défiler !

Je détestais Instagram.

J'ai soupiré en roulant dans mon lit, évitant de peu les chocolats Jacques Torres dont je m'empiffrais depuis une heure. J'étais un cliché à moi toute seule. Le lit king size du Five Seasons avait beau être composé de draps de luxe, et les truffes avaient beau avoir été confectionnées par un maître chocolatier d'exception, au bout du compte, j'étais une fille comme les autres, allongée dans son lit avec du chocolat, qui refusait de quitter son pyjama après une rupture.

Quitter Jules était la bonne décision – dès l'instant où elle m'avait parlé de sa mère, j'avais su que c'était terminé – mais la séparation m'avait chamboulée plus que prévu. Surtout après que j'avais découvert sur Instagram qu'elle déménageait à Philadelphie. Même si j'avais regretté mon choix, il était trop tard. Jules me manquait dans des moments inattendus. Quand je buvais mon café du matin, je repensais à la dose inhumaine de lait qu'elle mettait dans le sien. Quand j'avais croisé une fille blonde avec une veste en cuir dans l'entrée de l'hôtel, je l'avais prise pour elle.

Depuis la séparation, je n'étais pas sortie de mon lit, telle une femme de l'ère victorienne à qui on avait prescrit du repos et un régime de chocolats de luxe en guise de remèdes. Je n'étais même pas allée à la Fashion Week, pas même au défilé de Rex London chez Lacy's auquel j'avais si hâte d'assister. Je m'étais terrée dans cette chambre comme une recluse au cœur brisé accro au chocolat et aux hôtels prestigieux.

Voilà qui ne ressemblait pas à Pepper Smith. Il était temps de se ressaisir.

Après une dernière truffe.

Et une sieste.

Mon portable s'est mis à vibrer quelque part entre les plis de la couette. Argh. C'était sûrement ce fichu YouTubeur. Je n'aurais jamais dû l'embrasser ! Franchement, qu'est-ce qui m'était passé par la tête ? J'ai donné un coup de pied dans mon portable. Je règlerais le problème d'Auden Grace plus tard. Ou peut-être jamais. Au bout d'un moment, il comprendrait le message.

Le soleil couchant teintait la chambre de rose. Pour la première fois depuis trop longtemps, j'ai réussi à me traîner hors du lit. J'ai enfilé ma robe de chambre Five Seasons par-dessus le pyjama en soie orné de mon monogramme, et je me suis approchée de la fenêtre. Central Park et le reste de la ville s'étendaient à mes pieds. Cet endroit était vraiment unique au monde.

L'image de New York comme terre de possibilités était un stéréotype. Quand j'y pensais, je visualisais un gamin des rues avec une casquette de vendeur de journaux qui tirait sur ses bretelles, prêt à devenir riche et célèbre. Évidemment, la réalité n'était pas aussi simple. New York connaissait les disparités de revenus les plus élevées de tout le pays, et il était bien plus aisé de tirer sur des bretelles Hermès.

En revanche, New York était l'endroit idéal pour se réinventer. Dans une ville de huit millions d'habitants, il existait un nombre infini de vies dans lesquelles on pouvait se glisser puis d'où on pouvait s'échapper, et d'occasions de devenir une nouvelle personne.

Heureusement pour moi, j'étais née Pepper Smith.

Certes, Pepper Smith pouvait changer : une nouvelle coupe de cheveux, une nouvelle adresse, une nouvelle entreprise… Une fois réunis, tous ces petits changements avaient le potentiel de former une nouvelle identité. La plupart des gens avaient peur de repartir de zéro. Moi ? J'adorais ça. Il n'y avait rien de plus excitant que la promesse d'une nouvelle vie.

Après Jules, j'avais besoin de changement. J'avais bien fait de la quitter avant qu'on se rapproche davantage. Il ne fallait se rapprocher de *personne*. Après tout, il est plus compliqué de changer de vie quand des gens sont liés à une ancienne version de vous-même.

Il était temps de devenir quelqu'un d'autre.

# CHAPITRE QUARANTE
## Josie

— ÇA SUFFIT ! J'en ai assez, Pauly. Sors de cette autoroute. Tout de suite !

Pauly a mis le clignotant, traversé deux voies et emprunté la bretelle d'autoroute. Les pneus ont crissé. Des automobilistes furieux ont klaxonné. Pauly et moi avons échangé un regard étonné dans le rétroviseur. C'était la première fois que mon père se mettait dans cet état.

— Je n'en peux plus des cafés de Comfort Motel ! J'ai atteint ma limite ! La limite est franchie, Pauly !

Il a indiqué la limite en question, qui se situait visiblement au niveau de son chapeau.

— Compris, patron, a dit Pauly.

Mon père avait perdu la tête. Je n'aurais jamais cru qu'un café insipide de motel serait le détail qui le pousserait à bout.

J'ai jeté un œil à mon portable.

— Il y a un café qui s'appelle Rise and Grind à quelques minutes d'ici, ai-je annoncé. Il a cinq étoiles sur Yelp.

— Espérons que leur café est meilleur que leur nom, a grommelé mon père.

Rise and Grind était un petit bâtiment en bois blanc à la sortie de l'autoroute. On pouvait être servi au volant, mais Pauly s'est garé sur le parking. Mon père est sorti avant même qu'on soit à l'arrêt.

— Je devrais investir dans une machine à café portable, a songé Pauly.

— Bonne idée, ai-je dit. Est-ce que tu veux boire quelque chose ?

— Non, merci, Josie. Demande à ton père de ne pas trop tarder. J'aimerais avoir le temps de visiter Asheville avant le concert. Savais-tu qu'on la surnomme la ville des abeilles ?

Waouh. On se dirigeait vers le Disneyland personnel de Pauly.

— Non, mais pas de problème, je vais dire à papa de ne pas traîner. Après tout, il adore quand on lui met la pression et quand on lui donne des ordres...

— J'ai compris le message, Josie, a-t-il dit en souriant.

— Ne t'inquiète pas, l'ai-je rassuré en sortant du minivan. Tu vas les voir, tes abeilles.

Pauly le méritait amplement. Je ne comprenais pas comment il faisait pour supporter mon père après toutes ces années passées ensemble sur la route.

J'ai commandé un café glacé. Mon père était assis à une table ronde près de la fenêtre, une grosse tasse en céramique beige à la main.

— Tu ne l'as pas pris à emporter ? ai-je demandé en m'asseyant en face de lui. Je ne suis pas certaine que Pauly valide ce choix. Il a hâte d'arrive à Asheville pour voir les abeilles.

— Je transvaserai le reste dans un gobelet. Je voulais juste apprécier quelques gorgées de café sans goût de carton. Parfois, c'est ce genre de détails qui manque sur les tournées. Une vraie tasse.

On a tourné la tête vers la vitre, vers l'autoroute qu'on retrouverait bientôt. Mon père a posé sa tasse sur la soucoupe. Le joli dessin à la surface de son *latte* était quasiment intact.

— Je sais que tu as commencé à tirer des leçons de cette expérience, Josie. C'est difficile de faire et défaire sa valise tous les jours, de ne jamais se sentir chez soi, de garder l'énergie tous les soirs sur scène, surtout après une journée de route. C'est difficile de forger des relations, romantiques ou autres.

J'ai tourné la tête vers mon père. Il a détourné le regard.

— Papa. Je ne sais pas à quoi tu fais allusion, mais si c'est ce à quoi je pense, je te promets qu'il ne se passe rien entre moi et...

— J'ai croisé Boone ce matin, au moment où il disait au revoir à son « amie », a expliqué mon père.

Il a bu une gorgée de café. Jamais je n'aurais cru qu'on aurait une conversation pareille.

— Pauly pensait qu'il y avait quelque chose entre vous, a-t-il précisé.

— Pas du tout. Il n'y a jamais rien eu. Tout ce qui m'intéresse, c'est ce que Boone Wyant fait sur scène, pas en dehors. Et je n'ai pas besoin que Pauly me trouve un petit ami. Ce n'est pas ce que je cherche en ce moment.

— Tant mieux. Je voulais juste m'assurer que... tu allais bien.

C'était sa façon à lui de me montrer qu'il s'inquiétait pour moi. Il avait du mal à l'exprimer, mais je le savais. Pour la première fois, j'avais l'impression qu'il *essayait*.

Mon père essayait de ne pas réduire notre relation à mes problèmes de tempo et de justesse.

— Tu as une voix, Josie. Potentiellement, une voix unique pour ta génération.

Je n'en croyais pas mes oreilles. Mon père ne m'avait jamais fait de compliments pareils.

— Avec du travail et de la détermination, tu pourrais surpasser ton vieux père en matière de talent et de succès. Tout ce dont tu rêves pourrait t'appartenir, Josie, à condition que tu te *concentres*.

— Je *suis* concentrée, papa.

C'était à la fois merveilleux et frustrant de l'entendre. Pourquoi croyait-il que je n'étais pas suffisamment concentrée sur mon travail ? Il me l'avait toujours reproché sans raison.

— Je sais que tu n'appréciais pas les Pussycats, papa, mais j'ai tout donné pour elles. Je donne tout pour ma musique. Est-ce que tu me reproches de ne pas avoir été professionnelle sur cette tournée ?

— Tu as été extrêmement professionnelle.

— Merci, ai-je soupiré, soulagée qu'il le reconnaisse. Quant à Boone, je lui ai expliqué *très clairement* qu'il ne se passerait rien entre nous. Visiblement, le message est passé.

— Très bien, a dit mon père en levant les mains. Mais je ne veux pas qu'il soit une source de distraction. Si tu veux, je peux lui demander de quitter la tournée.

— Ce n'est pas nécessaire, ai-je insisté. Tout va bien.

Demander à Boone de partir aurait été humiliant, et reviendrait à admettre qu'il m'avait blessée. Ce qui n'était pas le cas. Je serais professionnelle jusqu'au bout. Je me comporterais avec lui comme avec n'importe quel artiste de première partie.

— Je ne suis pas distraite, ai-je promis. Ni par Boone, ni par personne.

— Ravi de l'apprendre, a soupiré mon père. Écoute, Josie, je sais que je suis dur avec toi, mais c'est seulement parce que tu es douée. Je veux que tu sois encore meilleure. Je sais que tu en es capable.

— J'apprécie ton aide, mais j'aimerais que tu comprennes que je crois en mon talent, et que je veux réussir. Je vais être une star, papa. Je le sais. Je ne laisserai rien ni personne m'en empêcher.

— Parfait, a-t-il dit en souriant, un sourire sincère qui m'a rappelé l'époque où je dansais dans le salon pendant qu'il jouait du piano, une petite fille tout simplement heureuse de faire de la musique avec son père.

— Tu sais, ai-je hésité, je te suis reconnaissante pour cette opportunité. J'ai appris beaucoup en tournant avec toi, mais...

— Tu as envie de tracer ta route seule, a deviné mon père. Je le sais, Josie. J'ai vu ta réaction quand on t'a proposé de chanter à Tiny's. Tu es une artiste qui a besoin de contrôle créatif. Ce n'est pas étonnant. Après tout, tu es ma fille.

Je m'attendais à ce qu'il me dise que j'échouerais, que je n'étais pas prête, que quitter la tournée serait une erreur qui mettrait fin à ma carrière.

Son soutien était surprenant, mais appréciable.

— Ne m'abandonne pas sur le bord de la route, ai-je plaisanté. Je ne suis pas encore prête à partir.

— Tu as ta place sur ma tournée aussi longtemps que tu le voudras, Josie. Quand tu seras prête à mener ta barque, je serai assis au premier rang à ton premier concert.

— Merci, papa, ai-je murmuré en prenant sa main dans la mienne.

Mon père l'a tenue pendant environ deux secondes, puis il s'est levé. Cet épisode sentimental père-fille avait été particulièrement long pour nous.

— On y va ? a-t-il dit. Pauly est sûrement en train de se lamenter sur notre planning.

Mon père a transféré le reste de son café dans un gobelet à emporter, puis on a repris nos places dans le minivan. Tandis qu'on se dirigeait vers Asheville, j'ai pensé à ce qui nous attendrait après ce concert : Pigeon Forge, Knoxville et, enfin, Nashville. Music City.

L'offre d'emploi de Boone n'était sûrement plus d'actualité, mais je n'avais pas besoin de lui, et je ne le laisserais pas m'empêcher d'envisager les occasions que m'offrirait cette ville. Elle ne lui appartenait pas. Si c'était vraiment l'endroit idéal pour lancer ma carrière, cela valait la peine de le vérifier.

En vérité, malgré toutes ces destinations et Nashville qui approchait, je n'arrêtais pas de penser à New York. J'avais la sensation que, dans cette ville, je pourrais devenir une star. Me trouver. Trouver ma voix.

Dans cette ville, je me sentirais chez moi.

# ÉPILOGUE
## Katy

— QU'EST-CE QU'IL Y A là-dedans ? a demandé KO en soulevant un carton. Des haltères ?

— Des chaussures ! ai-je protesté.

— C'est une cargaison précieuse, KO, a plaisanté Jorge. Prends soin des chaussures de mademoiselle Keene.

— Promis, a répondu KO en slalomant entre les cartons.

J'avais confiance en lui. J'étais prête à lui confier n'importe quoi, même ma collection adorée de chaussures.

J'ai fermé le dernier carton, sur lequel Jorge avait écrit : « Eleganza Extravaganza ». KO, Jorge et moi avions emballé tout le contenu de mon appartement en peu de temps. Ma vie entière tenait désormais dans ces cartons, prête à être transportée jusqu'à Washington Heights dans un camion que KO avait emprunté à un ami.

Je n'arrivais pas à croire que je quittais Delancey Street. Adieu aux rayures sur le plancher causées par la table à couture de ma mère. Adieu à la tache de sauce tomate au plafond, vestige d'une tentative infructueuse de pizza maison. Adieu aux milliers de souvenirs de ma mère qui cousait, chantait, riait et m'enlaçait.

— Elle voudrait que tu ailles de l'avant, Katy, a murmuré Jorge en passant un bras autour de moi. Il est temps.

— Je sais. Et où que j'aille elle sera toujours avec moi.

Je me suis blottie contre lui, les yeux rivés sur les immeubles qui s'étendaient à perte de vue de l'autre côté de la vitre, au-delà de l'escalier de secours.

— Maintenant, je t'ai pour moi tout seul ! s'est-il réjoui. Je suis tellement content qu'un appartement se soit libéré dans l'immeuble de mes parents. Je vais enfin me libérer de ma famille, et tu vas avoir le meilleur colocataire du monde.

— Je sais.

Quitter l'appartement de mon enfance me faisait moins peur car je savais que Jorge serait à mes côtés.

— Même si mes parents nous offrent une partie du loyer, il va falloir qu'on trouve un troisième coloc, m'a rappelé Jorge.

— Ne t'inquiète pas. On va trouver quelqu'un de super.

— Le premier carton est dans le camion ! a annoncé KO en entrant. Plus qu'un million d'autres cartons à descendre. Est-ce que vous avez l'intention de m'aider ?

Avant que Jorge ait le temps de répondre, mon portable a sonné. J'ai jeté un œil à l'écran. L'indicatif téléphonique indiquait New York.

— Quelqu'un t'appelle ? s'est étonné Jorge. Ils ne savent pas envoyer des messages, comme toute personne civilisée ?

— Je ne reconnais pas le numéro, ai-je dit en fronçant les sourcils.

— Et si c'était Lacy's ? a suggéré KO. Tu leur as laissé ton numéro après le défilé.

Jorge a écarquillé les yeux.

— N'oublie pas d'exiger des réductions en tant qu'employée ! a-t-il glissé.

C'était peut-être Lacy's. L'occasion de travailler dans mon endroit préféré !

J'ai répondu en espérant que mon interlocuteur n'entendrait pas les battements de mon cœur qui tambourinait dans mes oreilles.

— Allô ?

— Katy Keene ?

C'était une voix féminine, nette et froide, teintée d'acier.

— Gloria Grandbilt à l'appareil. Je vous contacte au nom du département de personal shopping de Lacy's.

— Je sais qui vous êtes, ai-je laissé échapper. Heu… Excusez-moi. Bonjour ! Je suis Katy Keene.

Gloria Grandbilt ? *La* Gloria Grandbilt m'appelait ?

— Ravie de l'apprendre, mademoiselle Keene. J'ai un poste à vous proposer dans mon département. Seriez-vous disponible pour un premier entretien ?

— Oui. Absolument.

J'ai levé un pouce. Jorge a poussé un cri silencieux. KO m'a souri. Les coins de ses yeux se sont plissés.

— Excellent. Mon assistante vous enverra une proposition de date et d'heure. Nous avons hâte de vous voir chez Lacy's, mademoiselle Keene.

— Merci. Merci beaucoup !

Ils avaient hâte de me voir chez Lacy's !

J'avais hâte, moi aussi.

# CE ROMAN VOUS A PLU ?

**Retrouvez tous les titres
Hachette Romans
sur notre site et nos réseaux :**

Composition et mise en pages : Nord Compo

Achevé d'imprimer en France par Brodard et Taupin
Dépôt légal 1re publication : novembre 2020
65.9633.2 – ISBN : 978-2-01-628520-6
Édition : 01 – Dépôt légal : octobre 2020
N° d'impression : 3040277